咚咚戰鼓闖戰國

文／王文華　圖／L&W studio
審訂／中央研究院歷史語言研究所助研究員 劉欣寧

目錄

人物介紹 4
楔子 8
1、機車老師 15
2、地圖室 21
3、國寶是根爛木頭？ 28
4、雞場管理員 42
5、教樹躲貓貓 54
6、這裡的，都是人質 70
7、畫張團體畫 78

8、我會「B-box」 88
9、赫赫有名的蜘蛛女俠 98
10、公雞應該怎麼叫？ 111
11、機車老師，該上課了！ 123
絕對可能會客室 127
絕對可能任務 139
作者的話 148
審訂者的話 152
推薦人的話 154

人物介紹

機車老師

體型手長腳長，活蹦亂跳像螳螂，原是最受歡迎的熱門樂團主唱，這學期莫名其妙擔任可能小學六年級社會科老師。有人問起：他懂得怎麼教學嗎？嗯，這個問題很好，但沒人在意，因為連校長都變成瘋狂粉絲，只想跟他要簽名照。

潘玉珊

可能小學六年級學生，有一頭暗紅色的頭髮，和一顆永不止息的好奇心。小四那年跟爸爸騎單車環島；小五爬玉山還游泳橫渡日月潭。目前，她把眼光朝向喜馬拉雅山，勤練攀岩和滑雪，只等暑假，她就要立即出發。

畢伯斯

可能小學六年級學生，崇拜蘋果電腦的賈伯斯。多才多藝，除了是陶藝社社長，還幫話劇社用B-box做配樂。熱愛可能小學，因此患有嚴重的可能小學畢業生症候群，一想到要畢業了，他就煩惱。

秦游

秦國合格導遊，領有秦趙楚三國的導遊證。想了解這三國的歷史、地理、風土民情，找她就對了。平時奉命帶領楚趙兩國遊客參觀首都咸陽城。這一回，她卻接到兩個來自「可能小學」的奇怪小客人。可能小學在哪呢？這個問題竟然難倒了她。

阿莊

戰國人，天性不受拘束，熱愛說故事。應徵雞場管理員時，率性的將雞場門打開，雞全都跑光了。老闆要他賠雞，沒錢的阿莊只說個好故事賠給老闆。畢伯斯對阿莊深深著迷，想聽他多說點故事，潘玉珊卻懷疑他，覺得他神似機車老師……

孟嘗君

門下有食客三千人，三教九流都有。人們嘲笑他養太多門客，讓人白吃白喝，他也不在意。最近，孟嘗君被請到秦國，有希望擔任宰相。但是他發現秦王的可怕野心，決定要偷溜回齊國，他能成功嗎？

公子燕

燕王第八個妃子生的第六個孩子。燕秦兩國簽定和平約定，他奉命擔任「和平大使」。公子燕其他的兄弟們都在各國做人質，他們天天苦練馬拉松，只等燕王一死，就要開始跑回國……

楔子

升上小六第一天，畢伯斯很沮喪。

不是被霸凌——可能小學沒有霸凌這種事。

不是沒寫功課——可能小學的作業是世界上最有趣的事：

去陽明山頂看流星雨，許一個願望；

陪媽媽去菜市場買菜，回家做一道料理；

以無聊為題，寫一篇不無聊的日記；

用繞口令出數學題，限用童謠作答。

這麼好玩又有趣的作業，誰捨得不做呢？

畢伯斯看看錶，七點零一分，小視窗出現九月一日的字樣。

唉～他長長的嘆了一口氣。九月一日，離畢業只剩一年不到的時間。

這是可能小學的畢業生症候群，好發於五年級升六年級的孩子間，尤其是九月一日當天。症狀從緊張焦慮到作惡夢，嚴重時還會伴隨夢遊與磨牙。

以後遇不到這麼好的學校，怎麼辦？
傻瓜，你可以直升「可能中學」啊！

九月一日，天氣晴，地點在離畢伯斯家三公里遠的一棟公寓裡。

潘玉珊帥氣的背起書包，跟爸媽說再見。她跳上亮紅色的捷安特登山車，踩下踏板，展開她在可能小學中，小六生涯的第一天。

別人都很緊張，捨不得離開這所學校。而她早早就打定主意，要留下來再多讀一年。

把可能小學當成可能中學讀，嘿嘿嘿，沒人想到這一招吧？如果這招不行，她立志長大後絕對要回來可能小學當老師。

「我一輩子都不想離開那裡。」潘玉珊的心願，也是很多孩子的志願。

可能小學在動物園站的下一站，但動物園站已經是最後一站了，那下一站……

噢，別忘了，在可能小學裡，沒有不可能的事。

別的小學用電子白板教自然，可能小學的孩子直接跑進4D立體雷射光投射出來的溼地，觀察樹蛙從蝌蚪到成蛙的過程。

他們可以觸摸青蛙，那溼涼的皮膚、黑亮的眼珠子，還會跳到小朋友頭頂上呱呱呱的叫。

想照顧牠？沒問題，可能小學的自然作業就是照顧一隻4D樹蛙。

或許有人會問，這怎麼可能呢？

別忘了，在可能小學沒有不可能的事！

或許有人會再問，可能小學不能捉幾隻真正的樹蛙來觀察嗎？

對可能小學來說，這當然是再簡單不過的事；然而站在保護動物的立場，觀察4D立體投射的樹蛙，是對地球生物最友善的方法。

別的小學，一年只去一次戶外教學，地點通常選在遊樂區。

在可能小學裡，只要學習有需要，說走就走，絕不囉嗦。天文臺或故宮博物院都不稀奇；紐約大都會博物館、英國倫敦百貨公司、巴西熱帶雨林，甚至秦始皇的長城，白堊紀時期的恐龍谷……去哪裡學習最有效，就會安排去哪裡，這就是可能小學的作風。

在開學前，每個六年級的孩子都接到了這張通知單。

可能小學六年級生注意事項：
六年級新任教師名單：
國語
言必果
數學
神算子
英語
講不停
社會
機車
（註：機車樂團主唱）
自然
跳得高

請一個樂團主唱來教社會？

天哪！名字叫做機車的老師，為人是不是也很機車？

孩子們從暑假就在猜；一開學，就忙著四處打探。

大多數的孩子都很安心，可能小學從沒讓他們失望過。

只有一、兩個孩子，例如畢伯斯，心裡可能有一絲隱憂：會不會，機車老師真的很機車？

捷運車廂門開了，畢伯斯杵在門口，愣了一下。

潘玉珊的腳踏車也到了，她喊著：「大畫家，可能小學開學啦。」

1 機車老師

六年級教室外頭擠滿了人，大家都想來看看，一個熱門樂團的歌手會怎麼上課？

機車老師讓四個保鏢開路，在滿場尖叫聲中站上舞臺……啊，不好意思，是講臺。

他手長腳長，上臺時蹦蹦跳跳的姿勢像隻螳螂，可是一開口，那低沉的嗓音，立刻吸引了每個人的耳朵。

怎麼有人講話這麼有磁性？

「機車樂團主唱？太幸運了！」幾個送孩子上學，恰巧經過教室門口的媽媽狂叫著。

教室裡的孩子更是激動，他們拿著CD和海報大喊著：「簽名握手和合照，少一樣我們都不要。」

「當然、當然，不過，我好像是來當老師的。」

機車老師充滿魅力的聲音竟讓兩個女生當場昏倒。她們昏倒前最後一句話是：「這怎麼可能嘛！」

但也有人很不開心。潘玉珊氣呼呼的把靠走廊的窗戶全關上，用力把十幾個想假扮六年級學生的歐巴桑老師推出去，「我們要上課了。」

「沒錯，該上課了。」機車老師很客氣的問：

「我該上什麼課呢？」

「太親切了！」又一個女生狂喜的昏倒。

「社會課。不過，你隨便上什麼都好，我們什

麼都不會。」幾乎所有的孩子都在喊。

「那可不行。社會嗎？我天天在社會混，沒問題。」機車老師笑著露出一口潔白牙齒，「該從哪一課開始呢？」

「天哪，」潘玉珊叫了一聲，「他真的是老師嗎？」

沒人聽見她的話，因為機車老師開始發簽名照了，一人一張，讓教室裡陷入集體瘋狂。

「有誰沒拿到？」

畢伯斯怯怯的舉手，卻在潘玉珊的怒視下，又悄悄把手放下。

機車老師走到他面前，把一張簽名照塞進畢伯斯的手裡。「孩子，為什麼要害羞呢？人家不是說一日為師，終身什麼的嗎？你這麼守規矩，卻又這麼內向，幾乎就像我小時候。我要多送你一款獨家發行的照片。我看一下口袋……」

當他從口袋裡找出第二款簽名照，教室裡又陷入另一陣混亂。

小女生組成衝鋒隊，拚死都想搶到那一款。男生們練過橄欖球，他們推開女生，擠開擋路的學生（大多是老師們假扮的），英勇的從機車老師手上搶到那一張簽名照。但還來不及細看，女生們已經衝過來，接著又是一陣拳打腳踢的混戰……

叩叩叩。

有人在敲門，是校長來了。

潘玉珊像是見到了救星，她說：「校長，你看他們……」

校長一把推開她，遞出筆記本。「機車老師，麻煩你。」不管男生或女生，他們雙手扠腰，指著隊伍最後一排說：「要簽名請排隊。」

「我……我是校長。」

「不管是誰，想簽名請排隊。」孩子們異口同聲的說。

「校長先生，不好意思；那個短髮男生，你已經簽第三次了；紅色長髮小姑娘，你把手放下，不必一直舉著手，我保證會親手把照片送到你手上。」機車老師出面維持秩序。

紅色長髮小姑娘指的正是潘玉珊。她說：「我不要簽名。你到底要不要上課？」

所有的人，包括校長全都出聲反對，「別上課，簽名比較重要。」

「我要上課。」潘玉珊不屈不撓，「你是老師，你得上課。」

「要上什麼課？上到哪裡啦？」機車老師問。

潘玉珊瞄了一眼課本說：「歷史，你要上戰國時代。」

「戰國呀？」機車老師搔著頭，露出一臉苦笑。

「等一下，要上課也要等我拿到簽名……啊，不是啦，是去找出地圖來，」校長看看潘玉珊，又順手指著畢伯斯，「你們兩個，去地圖室找地圖。」

「為什麼？」潘玉珊問。

「你不是想上課嗎？」校長不放心的加了一句：「沒找到，就留在那裡別回來。」

2 地圖室

黑漆漆，髒兮兮，這裡是可能小學的地圖室。

都什麼時代了，誰還用地圖呢？

可能小學的教室裡裝有六十吋的液晶電視、藍牙無線遙控的全能影視播放系統、兩百四十吋的投影螢幕。對了，還有立體地球儀。

「偏偏叫我們去找一張地圖？」畢伯斯邊跑邊嘟囔著。

潘玉珊跟在後頭，緊催著畢伯斯說：「往右，往左，往下……對，地下室跑三十六階，穿過停車場……你快一點，我們到了。」

黑漆漆的停車場角落，髒兮兮的地圖室就躲在那裡。那門把不知道多少年沒人碰過，門上還破了一個洞，被人用噴漆噴了個骷髏頭。

推開門，小燈泡被點亮。地圖室有一間教室那麼大，正中央有五列木架，每個架子有五層，每一層都堆滿了地圖。

牆角還有旋轉架，像掛衣服般的掛滿了地圖。

地圖室裡並沒有窗戶。怪的是，牆邊卻有幾塊花花綠綠的窗簾。仔細一看，原來那些窗簾也是地圖——世界的、宇宙的、現在的、過去的。

最前面的架子上標示「極地」。從最上面那層不斷有冷氣流出，畢伯斯拉出一捲紙，哇，是北極地圖。

一股冷風從地圖中吹出來，環繞整間地圖室後，鑽進了最下層的架子。潘玉珊蹲下去看，那裡擺的是南極地圖。

南極地圖上，黑色點點代表企鵝的分布位置。無數的小企鵝在地圖上滑行，這裡聚集，那裡分散，來來去去。

畢伯斯找到西歐的火車路線圖。黑白相間的線路上有迷你小火車在行走。它們有的正吐著煙，翻越阿爾卑斯山脈；有的正行經南法青蔥的草地。

畢伯斯忍不住追著火車跑。「嗚嗚七恰，火車來了，過鐵橋了，七恰七恰。」

「少賣弄你的B-box了。」潘玉珊只想快點找到地圖，趕快回去上課。她在畢伯斯的抗議聲中，捲起那張火車路線圖。「別忘了我們的目標。」

畢伯斯怯怯的問：「那你說，我們找的是哪一朝？」

「戰國，春秋戰國的戰國。」潘玉珊的聲音，被童話地圖裡幾隻天鵝拍翅的聲音給蓋過了。

「什麼國？」他又問了一次。

「戰國！」潘玉珊提高了音量。小天鵝被她的聲音嚇得四處亂飛。天花板上那顆搖搖晃晃的燈泡，啪的一聲熄了。

四周伸手不見五指。

「開關呢？」是畢伯斯的聲音。

「噓，注意聽！」潘玉珊的聲音聽起來很遠。

一陣鼓聲從不遠不近的地方傳來。

奇怪的是，鼓聲好像來自地圖室；但是地圖室並不大，雖然現在什麼也看不見，可是潘玉珊直覺認為，鼓聲就來自前方的那片牆。

她向前摸索，鼓聲更清晰，咚咚咚咚的響。空氣更冷了，好像來到了冬天的荒原。她再往前走了幾十步，竟沒有被牆擋住，難道……難道他們走出地圖室了？

春秋戰國

周朝歷史很長，分成兩部分。第一部分叫做西周。

西周滅亡後，周平王把首都遷到了洛陽，這段歷史叫做東周。

在周朝，只要是天子的親戚，或是對國家有功的人，都可能分封到一塊土地，有了土地就成了諸侯。

如果你是周朝的諸侯，你有自己的領土，可以建設城池，招兵買馬；每個諸侯都像個小國王，想怎樣就怎樣。

既然大家都是國王，所以，大家也就不怎麼理東周的天子。

那時候，東周天子的國土其實也不大，雖然號稱是天子，其實他就管一個小小的城，一片小小的土地。

諸侯都很忙。好幾百個諸侯，為了利益，大家不斷的打仗，今天你併吞我，明天他併吞你，最後，只有最厲害的人才能留在擂臺上。東周前半時期就有五位這樣的冠軍得主，歷史上把他們稱為「春秋五霸」。

東周後半時期，各國為了強大自己，紛紛提高薪水價碼以吸引人才。人們為了展現自己，努力讀書，提出自己的意見，以至於那段時期人才輩出，各種學說不斷興起。這種動盪的局面，也加速不同族群的融合，幾百個小國逐漸歸併為七個大國和它們周圍的十幾個小國。

這時期的戰爭更為慘烈，短短兩百五十五年間，竟然發生了兩百三十次的戰爭。後來，西漢末年的劉向，將這段歷史編成一本書，取名《戰國策》，於是，從此以後這段歷史就被稱為戰國時期。

超時空傳聲筒

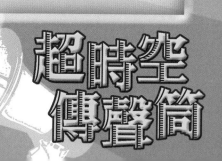

歷史上，把東周又區分成兩個時期：

東周	
春秋時期 西元前 770 年～ 西元前 476 年	**戰國時期** 西元前 475 年～ 西元前 221 年
春秋五霸 齊桓公、宋襄公 晉文公、秦穆公 楚莊王	**戰國七雄** 齊、楚、燕、韓 趙、魏、秦

3 國寶是根爛木頭？

陰暗的天空布滿壓得很低的雲朵，一道又長又灰的城牆，冷冷的矗立在他們面前。

路上行人的穿著打扮像極電影裡的古人。咚咚咚的聲響原來是一列神情嚴肅的士兵正在行進。

「如果這不是在拍電影，那我們一定是回到古代了吧？」畢伯斯很不安。

「這不像電影。」潘玉珊很肯定。她找不到攝影機，人們手上也沒有手機或手錶，連穿的衣服……想到衣服，她低頭一看，自己竟然也成了古人裝扮！這絕對是可能小學某一項奇怪的課程。

「沒有地圖，就別想回去。」潘玉珊想起校長的交代。

「那就去買張地圖吧。」

「這是哪一朝？我們要上哪兒去買地圖？」

潘玉珊東張西望，找不到像書店的地方。

畢伯斯還沒回答，旁邊一位中年大嬸便熱情的走過來對他們說：「哪一朝？你想知道這裡是哪一朝，問我秦游就對了。兩位看起來不像咱們秦國人，不如就和後頭這些楚國貴賓一起跟我走，我給大家好好介紹介紹吧！」

聽她的口氣很像導遊，手裡還舉著一面旗，上頭寫了個怪怪的「游」字。

「秦國？難道我們會遇到秦始皇？」

秦游搖搖頭說：「秦始皇？沒聽過。我們秦國有莊公、襄公……一直下來好多個國君，沒聽過什麼秦始皇。」

後頭的客人跟著點頭說：「是呀，我們楚國人也沒聽過秦始皇。」

「說不定是另一個秦國呢！」有人說。

「哪有那麼多個秦國呀。」另一個人出聲反駁。

「或許是你孤陋寡聞，我就知道有這麼一個秦國。」

「你瞎說……」

眼看大家快打起來了，潘玉珊突然大喊：「秦始皇滅了六國，統一中原。」

「六國？」秦游大叫一聲：「怎麼可能？絕對不可能！你一定是弄

錯了。這片大地上有幾十個國家，今天你打我，明天我打你，打來打去打到了現在，只剩下最強的七個國家，秦楚齊燕韓趙魏，這七個大國個個大有來頭，誰能把它們全滅了呢，小姑娘真愛說笑。」秦游接著問：

「啊，不知道你們打哪兒來的呀？」

兩人異口同聲回答：「可能小學。」

秦游搖搖頭說：「可能小學？我雖然是大秦國的金牌導遊，七個國家全都去過，卻沒聽過可能小學這一國。」

畢伯斯解釋：「不不不，可能小學不是國家，那是一所小學，我們在那裡上學讀書。」

「讀書？那可是貴族才有的待遇了。失敬失敬。兩位一定是可能小學國的貴族，請到前面來，這裡是貴賓席，聽得清楚些。」

前面客人不甘不願的讓出位置，害畢伯斯頻頻跟他道歉。

一位老先生湊過來問：「兩位該不會是儒家學派的吧？聽說他們強調教育很重要，廣收門徒，說什麼人人都能讀書。」

「儒家學派？」

「儒家喜歡給人家講課講學，你們真的是儒家學派的學生啊？」秦游是個認真的好導遊，隨時替客人解惑。

「不是，我們老師很機車，他是熱門樂團的主唱。」這一點潘玉珊很肯定。

畢伯斯只想問：「大娘，你知道哪裡買得到地圖嗎？」他趕著要回去找機車老師簽名。

「咦？」秦游張大了眼，「地圖？小小年紀要地圖做什麼呢？我當然知道哪裡有地圖，不過，既然現在來到這裡……」

秦游話還沒說完，一座宏偉的城門已經出現在他們面前。人潮穿梭不斷，城門邊有根怪怪的木頭斜倚在牆上，四周還有士兵把守。

「這根木頭，我一定要好好介紹一下，這可是秦國第一國寶。」這裡人這麼多，卻沒什麼人發出聲音。大家安安靜靜的走著，安安靜靜的做生意，使得秦游的聲音顯得特別響亮。

聽到國寶，大家都有興趣了，不斷向前擠，秦游被擠得臉都快貼在城牆上了。

這根木頭有十幾公尺長，頂多手臂粗。也不知道被風吹日曬了多少年，輕輕一推應該就會斷掉。

這不過就是一根木頭嘛，潘玉珊看了一眼便讓位給畢伯斯。

楚國來的觀光客搖搖頭說：

「這根爛木頭也當成寶？」

「還是咱們楚國的楠木尊貴。」

秦游可得意了。「各位客人，千萬別瞧不起這根木頭，它可值五十金呢。」說到五十金時，她的語氣誇張極了。

潘玉珊不相信。「看起來沒那麼重啊。」

「不不不，不是重量。當年商鞅大人變法，說是誰能把這木頭從南門搬過來，就賞五十兩黃金。」

「怎麼可能？」潘玉珊不相信。

秦游又說：「對呀，誰會相信呢？這根木頭又沒多重，我爹是秦國大力士，他也覺得不可能。搬根木頭就給五十金，天下哪有這麼好的事？」

「不可能有這麼好的事。」楚國的觀光客們齊聲附和。

秦游很驕傲的說：「但是在咱們秦國，就有這麼好的事。東街李大頭他爹心想，搬根木頭就當是鍛鍊身體。他扛起這根木棍，從南門搬到了北門。那天哪，咸陽城的人都出來了，大家都來看傻子扛木頭。」秦游說到這兒好激動：「哎呀，我的木頭啊，誰知道那是真的！大頭爹把木頭一放下，商鞅大人真的派人送了五十金給他。從此，大頭家就成了東街第一富。」

「就憑一根爛木頭？」楚國的老爺爺說。

「老先生，您別瞧不起這根木頭。我們秦國人從這根木頭上認清一個道理，那就是商鞅大人是玩真的，國家的法律說一是一，說二不會變成三；搬根木頭賞你五十兩黃金，明天如果說搬根木頭罰你五萬兩黃金，那也是千真萬確的事。」

「難怪秦國後來變得這麼強，連我們楚國都怕你們了。」老爺爺嘆了一口氣。

「那這根木頭……」潘玉珊問。

「放在這裡提醒秦國的老老小小，讓我們知道國家說話算話，人人都得聽話。」

「那如果我現在搬它……」潘玉珊的手伸了過去。

「別、別碰！」四周的士兵齊聲喝道。

來不及了。

潘玉珊的手才剛碰到那根木頭，砰的一聲，它竟然倒在地上斷掉，揚起一陣灰。

「它……它可能放太久，我……我……」潘玉珊的手停在半空中，不知道該怎麼辦。

空氣瞬間凝結，但也只是一瞬間，因為士兵馬上拿著刀指向她，城門口的守城官也來了，他們同時大喊：「木、木頭斷了呀。」

畢伯斯戰戰兢兢的問：「把木頭弄斷了會……會怎樣？」

秦游幾乎連話都講不清了，「我的木頭啊，咱們秦國法律說一是一，說二不會變成三，誰知道你碰了它會怎樣，你……」

潘玉珊鎮定下來，她試著弄明白狀況。「我把這根木頭弄斷，到底犯了秦國哪一條法律？」

「哪一條呢……」秦游搔搔腦袋。

「哪一條呢，好像……」守城官扯扯鬍子。

畢伯斯問：「你也不知道嗎？」

「我當然知道，我們奉命看著它……」守城官繼續扯鬍子，「當年說，只要誰搬了它，就賞五十金。」

畢伯斯追問：「那如果把它弄斷呢？」

「該立刻抓起來。」一邊的士兵喊，「商鞅變法就從這根木頭開始的。」

「可是當年只忙著給黃金，也沒人管這根爛木頭啊。」另一邊的士兵說。「秦國法律沒有這一條。」

「法律沒規定的事，他們就不能做。」這一邊的士兵說。

「法律沒規定的事，就是可以做的事。」那一邊的士兵喊。

一邊喊抓人，一邊說不可以抓，路過的人紛紛加入論戰，人群從城牆旁一直往外延伸。捲袖子的，拉裙子的，破口大罵的，大夥兒衝進衝出，就沒人注意到，秦游悄悄帶著她的貴賓們從人群裡退出，在城裡跑了起來。

為了一根木頭吵成這樣，值得嗎？再搬一根不就好了嗎？！
不管了，先溜為上！

商鞅變法

戰國初期，弱小的秦國常被其他國家侵略。

秦孝公即位後，下了一道「求賢令」，希望有能力的人來幫他改變秦國。商鞅因此來到秦國，以「強國之術」遊說秦孝公。秦孝公相信他，讓他主持秦國的變法。

商鞅的變法，有幾個重點：

一、注重軍功。只要在戰場上立功，平民也能變成貴族；但如果臨陣脫逃、投降敵人，則會受到嚴厲的處罰。

二、發展農業，鼓勵耕種織布。努力生產糧食和織布的人，就可以減少稅金；但是，如果你太懶惰而導致貧窮，也會被判做奴僕。

三、制定連坐法。全國人民都列冊管理，規定五家為一伍，十家為一什，其中有壞人而不告發的，什伍都要連坐受罰。

新法要如何讓百姓信服呢？

商鞅讓人把一根木棍豎立在南門，下令不管是誰，只要能把它搬到北門的，賞給十金。

大家都很好奇，卻沒人敢搬動那木棍。

商鞅把賞金提高到五十金後，終於有個閒漢半信半疑的去搬那根木棍。商鞅信守承諾，賞了那人五十金，從此，「相信國家法令」的觀念，便烙印在人們心中。

超時空傳聲筒

秦國經過商鞅變法，軍隊實力變強了，糧食生產提高了，國家強盛了。然而他的變法卻得罪太多貴族；秦孝公一死，貴族們立刻起來反對他，把他處死。

商鞅雖死，秦國仍持續實行新法，後來秦國能統一中國，商鞅變法功不可沒。

4 雞場管理員

「拜託你帶我們去買地圖，我們要趕快回去。」畢伯斯想早點回去要機車老師的簽名。

秦游熱情招呼著：「你們難得來，我帶你們好好參觀咸陽城，好不好？」

畢伯斯不好意思拒絕她，潘玉珊則挽著秦游的手說：「導遊，請吧！」

秦游開心的指著前方說：「那是生活用品一條街，專賣鍋碗瓢盆。」

世界上最遙遠的距離，就是經過美食街而沒有帶錢……

「看看人家秦國，連生活用品都自成一條街。」楚國客人是盡責的觀光客。

「還好吧，便利商店裡要什麼都有。」潘玉珊說。

另一條街上香氣撲鼻，秦游說：「這兒是餐館一條街，想吃哪一國的食物，統統都齊全。」

「哇，看看人家秦國，吃東西都有自己的街。」

「土包子，這叫美食街，百貨公司裡都有。」楚國客人讚歎的聲音裡，夾雜著潘玉珊的評論。

「那個是？」潘玉珊看見廣場邊圍了一群人。

「那是養雞場。」秦游說，「養雞場臭氣沖天，別去了吧。」

「人多才好玩哪。」

潘玉珊往養雞場跑去，畢伯斯追著她喊：「我們先去買地圖吧！」

「又髒又臭的養雞場，有什麼好看的呢；跟我去練武場，那才好看哪！」秦游眼看貴賓都跑了，她只好追上去。

不過，她一跑，那些楚國觀光客以為有什麼好玩的，不管年紀大小，全跟著啪嗒啪嗒的跑了起來。

養雞場在一棵大樹下。木片圍籬裡，有紅冠大公雞和胖胖的小母雞，喔喔喔咯咯咯，好不熱鬧。

圍籬外面也圍滿了人群，全因為養雞場要徵管理員。那裡薪水高，福利好，難怪吸引這麼多人。

一個動作敏捷的年輕人扯開嗓門大聲說：「我當管理員，保證大雞小雞乖乖聽話，叫他們往東，沒有一隻敢往西。」

老闆有興趣的問：「你有什麼好方法，敢說這種大話？」

年輕人驕傲的說：「我的方法簡單又公平，不管這些雞是公是母，羽毛鮮豔不鮮豔，只要乖乖吃飯下蛋的雞就能得到等分的飼料……」

畢伯斯不太懂。「如果是不聽話的雞呢？」

年輕人抓起一隻雞，「愛搗蛋愛打架的雞，早早送去做烤雞。不用三個月，保證這裡的雞隻隻高又大，賣出好價錢；不出一年，雞場規模就會再擴大一倍。老闆，聘我吧，我們立刻訂合約。」

秦游笑著說：「不簡單，這年輕人讀法家的書，學商鞅那一套。」

老闆正猶豫時，一個農夫模樣的人向大家行了個禮。

「把雞交給我來養吧，我讀墨家的書，學墨子的思想。墨家最節儉，拿剩菜剩飯做飼料，保證開銷小；我用濃濃的愛心照顧牠們，讓雞場的大雞小雞毛豐肉肥。墨家信徒養的雞，是最好的雞。」

潘玉珊笑著問：「養雞還要分什麼學派跟學問？」

秦游說：「誰叫咱們這個時代，就有這麼多有學問的人。連我也被搞糊塗，不知要聽誰的話。」

雞場老闆也在傷腦筋。用法家的方法，雞會很有紀律；用墨家的愛心激勵法，雞會身強體健，隻隻肥美。

「那……我該把雞交給誰來養呢？」

「讓我來管吧。」一個道貌岸然的老先生說。

「為什麼？」幾乎全場的人都開口問。

儒家的雞長幼有序、敬老尊賢，
跟別家的雞就是不一樣。

「我教的雞，隻隻都懂禮貌、守規矩。」

秦游拍著手說：「哈哈，注重規矩的儒家學派來了。」

潘玉珊把手舉了起來。

老先生不理她，撒了一把小米下去，大雞小雞全搶成一團。

潘玉珊繼續高舉著手，嘴裡還喊著：「喂喂喂。」

老先生還是不理她，繼續說：「看見了吧，這就是沒有禮貌的雞場。只要讓我來教，不出三個月，他們就會懂得規矩。有小米，必定請雞大王先吃，雞大王吃完

法家養雞跟養小孩一樣，不打不成器！
墨家首重「愛的教育」，養出來的雞才會身心健康。

雞大夫吃，雞大夫吃完才是雞小兵吃。每一隻雞都會有自己的籠子。每一種雞都要按照自己的身分啼叫：雞大王的叫聲要宏亮；雞大夫的叫聲要悠長……」

「那如果是雞小民——」潘玉珊手舉到幾乎要跳起來了。

「我講話，你不能插嘴，沒有禮貌。」

這位注重規矩的老爺爺，比可能小學的老師還要凶，潘玉珊只好等他說完才問：「那如果是雞小民要怎麼叫？」

老爺爺還是不滿意，他說：「問話前要加個『請』字，要說『請問先生』。」

於是潘玉珊舉起手，再問了一次：「請問先生，雞小民要怎麼叫呢？」她的態度恭敬，這大概是她上學六年來的第一次。

老先生滿意了，他慈祥的說：「雞小民再分公母。公的叫聲要威嚴，母的叫聲要慈祥。大雞小雞都按著自己的身分地位吃東西、走路和唱歌。大家和樂融融，好不好？」

「好好好。」老闆好開心。

「不好，」場外有個聲音傳來。「儒生太迂腐。飼料一倒，哪隻雞還分誰老誰小呢？先搶到的先吃，吃不到的自然淘汰，這是動物的本性。」講話的人有一張笑臉，聲音也很好聽。他那削瘦的身材，讓畢伯斯想起機車老師，忍不住朝他多看了兩眼，愈看還真覺得愈像。

「說得比唱得好聽，你會管雞場？」老先生不服氣。

「當然！」

「那你打算怎麼管？」

愛笑的叔叔哈哈一笑，一把拉開雞場的大門。

「就這麼管哪——」

「哎呀！」雞場老闆大叫一聲。不分大雞小雞或母雞公雞，所有的雞都趁這機會衝出圍籬，會飛的飛上樹，不會飛的鑽進人群裡。

「我的雞、我的雞呀！」雞場老闆雙手張開，四處追雞。

愛笑叔叔說：「雞就是雞呀，講什麼法律、禮貌都沒效。讓雞在天地之間快快樂樂的叫一叫，跑一跑，每一隻都會長得好。」

畢伯斯有疑問：「你讓雞整天在外頭跑跑跳跳，那老闆請你來做什麼呢？」

「我呀，我就可以做我喜歡做的事啊！」愛笑叔叔把袖子一揚，昂首闊步的走了。

別抓了，就放牠們自由吧！

百家爭鳴中的四大門派

春秋戰國時期，最為重要的思想家分四大門派：

儒家

代表人物：孔子與孟子

主張：儒家認為「仁」是一切道德的實質，要求人們對父母要盡孝；對兄弟要友愛；對朋友要誠信；對國家要忠貞；對別人要有愛心。而且要做到「己所不欲，勿施於人」。

儒家最重要的成就在教育上，以詩、書、禮、樂教人，重視人格與道德的培養。

墨家

主要代表人物：墨子

主張：墨家主張「兼相愛」，只要愛人如己，自然不會有戰爭。墨家信徒的生活很節儉，他們崇尚勞動，所以墨家學派的信徒都有強健的身體，被陽光曬黑的皮膚。即使穿著粗衣吃著粗食，墨家信徒卻甘之如飴。墨家學派受到當時人們的歡迎，和儒家並稱「顯學」。

道家

主要代表人物：老子與莊子

主張：道家把適應自然當成一種「道」。他們提倡「無為」，無為並不是什麼都不做，而是順其自然的意思。道家也主張「無欲」，心中無所求，自然不會起私心，不會因為得不到而傷心。

法家

主要代表人物：管仲、李斯、韓非子

主張：法家認為法律之前人人平等。為了讓人民守法，他們採用嚴刑峻法逼人民守法；為了讓人民相信法律，他們賞罰分明。

法家重視兩件事，一是戰爭，二是農耕。因為要戰爭，所以要練兵，只要軍隊強大，就不怕他國侵犯。法家也重農耕，百姓衣食充足，就能供應戰爭所需。

5 教樹躲貓貓

愛笑叔叔走得快，他的衣服寬，身材瘦，走起路來像個活神仙——雖然他那身衣服破了又補，補了又破。

畢伯斯緊跟著他，這會兒換成潘玉珊叫他走慢點兒。

畢伯斯一向都是個安靜的孩子，他很少明確表達自己喜歡什麼，不喜歡什麼。但是今天，他卻不由自主的緊跟著愛笑叔叔。

潘玉珊連喊了三次，都喊不回畢伯斯。她只好跟秦游招招手，請旅行團跟上來。

「你們跟著我做什麼呢？」愛笑叔叔停下腳步。

對呀，跟人家跟了那麼久，到底想幹麼呢？

「不知道。」畢伯斯老實的說，「叔叔，我就是覺得你很棒。」

「哈哈，這有趣了！」

愛笑叔叔的人緣好，走在路上常有人招呼他：

「阿莊，來說個故事吧。」

「阿莊，今天去哪兒說故事啦？」

潘玉珊看著他高高瘦瘦的背影，愈看愈覺得像誰……

到底像誰呢？

而且，潘玉珊也不太明白，「為什麼大家都想聽他說故事？」

秦游解釋：「人家說亂世出英雄，我們這個年代卻專門出說故事的高手，要是能把道理說成好故事，就有機會能當宰相。你們說，說故事重不重要？」

「說故事，當宰相？」潘玉珊想，那學校的故事志工個個有機會。

畢伯斯問：「阿莊是說故事高手嗎？」

秦游笑著點點頭說：「當然，大秦國最會說故事的就是他。」

想聽阿莊說故事的孩子愈來愈多了，大家跟在他們後邊跑，有的拉著他的袖子，還有個小男孩把吃了一半的餅遞給他。阿莊也不怕髒，大口一嚼，又把餅遞給畢伯斯，畢伯斯不敢說不，只好小心的咬一口再傳給潘玉珊。

潘玉珊笑一笑，也咬了一大口。

「阿莊，說個故事啦。」孩子們求他。

「想聽故事就跟我來。」阿莊手舞足蹈，簡直像隻螳螂在跳舞，也像……

「機車老師？」潘玉珊突然大叫，「你是機車老師。」

阿莊搖搖頭，「我可不是什麼老師。」

圍在四周的孩子們大叫：「阿莊只會說故事。」

跟著來的楚國遊客們也大喊：「我們也愛聽故事。」

大家全跟著阿莊走，像是要去哪裡遊行的隊伍。他像是童話故事裡的吹笛人，把咸陽城的孩子全吸引了過來。

潘玉珊忍不住提議：「可能小學正好缺故事志工，你來講故事吧。」

這位叔叔又會養雞，又會講故事，實在是太有才華啦！

她心裡想的是：如果阿莊來了，絕對比機車老師好上一百倍。

阿莊哈哈大笑。「天天講故事太麻煩，想講的時候就講，不想講，你派十四馬來拉，我也不想去。」

阿莊走路時愛東瞧西瞧的，比潘玉珊還愛看熱鬧。聞到攤子上的餅香，他問小販製作的祕方。看到路邊有娃娃，他也不管後頭有這麼多孩子等他說故事，他就蹲下來陪娃娃聊天。兩個人嘰哩咕嚕說了半天，潘玉珊和畢伯斯也都聽不懂。

終於，阿莊站起來伸了個懶腰說：「這種天氣，睡覺最好。」

「嗄？睡覺？」

孩子們一哄而散，因為沒人想聽阿莊睡覺打呼。

阿莊四處看了看，發現前方有棵大樹。「大樹下，煩惱少，睡個好覺，日子最好。」

可惜，樹下有輛馬車，旁邊還有個大鬍子先生正在生氣，他每一次呼氣，就會把鬍子吹得高高的。

「公子燕，您別跟一棵樹生氣呀。」旁邊的人勸他。

「我沒生氣，誰說我生氣了。」公子燕眼睛瞪好大，一口氣噴出來，每根鬍子都往上翹，「是這棵樹差點兒害我的馬車翻了，我才不跟它生氣呢。」

原來公子燕駕著馬車經過這裡時，因為路太小，車又太大，轉彎時被樹枝給勾了一下，馬車蹦了個半天高，把他彈出車外，難怪他要這麼「不生氣」。

「你別跟一棵樹過不去嘛。」大家勸他。

「我沒生氣呀，」公子燕張著大眼問：「那個誰誰誰……我派誰去找的樵夫來了沒呀？」

說不生氣，卻還派人去找樵夫，看樣子是要把這棵樹給砍了。

潘玉珊攔著他。「喂喂喂，你不能因為這樣就亂砍樹啊，愛護地球，要保護大樹，你懂不懂？」

公子燕好生氣，張大眼瞪著她，「姑娘你是誰呀，敢管我的事，告訴你，我想砍樹就砍樹，你再說，我連你一塊兒砍了。」

畢伯斯急忙拉住潘玉珊，「別……別理他啦。」

「不行。」潘玉珊說，「樹都砍光的話，造成溫室效應，會讓地球暖化。」

「對，不行。」阿莊笑嘻嘻的拉著公子燕，「不行。」

「哪裡來的瘋子，連你也想管我？」公子燕用力甩開他。

阿莊很正經的向他行了個禮。

「大人，小的不管不行哪，我是大樹指導員，這些大樹的事就是我的事。」

「哪有什麼大樹指導員？」公子燕吼著，「我不是三歲小孩。」

「大人，小的來自宋國，我們宋國就沒有大樹會礙著路。」

公子燕愣了一下，「難道宋國的樹營養不好，都長得瘦瘦小小？」

四周的人聽了，一陣哄堂大笑。

「不不不，那是因為宋國有大樹指導員哪。只要經過大樹指導員的教導，宋國的樹就能長得又快又高又大，最高的可以長到宮殿那麼高，最大的比宋王宮殿還要粗，最好的是……」阿莊說到這裡，故意停了下來，看了大家一眼。

心急的人問：「最好的是什麼？」

他慢條斯理的說：「它們高大卻不會妨礙大家通行，因為我們宋國的大樹會躲車躲馬和閃人。」

「哈哈哈，原來宋國的樹會玩躲貓貓。」畢伯斯笑了。

「不是躲貓，是躲馬車。」阿莊糾正他。

公子燕哼了一聲說：「哪有樹會躲車的，不可能。」

阿莊回答：「大人，讓我來教這棵樹吧，等它學會這門功夫，別說躲馬車，這棵樹還能做體操呢。」

「好，你教它躲我的馬車，只要它會躲，我就不砍它。」公子燕一說完，四周的人們跟著喊：「對對對，教會大樹躲貓貓，大刀、斧頭不砍它。」

在群情激動下，阿莊走近大樹。

他看看天，看看樹。大家跟著他的視線，一下子看樹，一下子看天。

阿莊有時湊近看看樹皮，有時退後看看樹形。

他看了很久很久才擺擺手說：「大人哪，這棵樹的資質太好了，有躲馬車的天分。困難的是，它還沒學過閃的功夫。」

公子燕粗聲粗氣的說：「那你趕快教他閃哪。」

「恭敬不如從命，就讓我來教它閃。」

阿莊不慌不忙，伸手拍了拍大樹，大樹動也不動。

他抬起腿來，朝樹飛踢了一腿，樹默默的承受了他這一擊。

一片葉子緩緩的飄落，掉在大家面前。

阿莊搖頭說：「哎呀，這棵樹不怕癢不怕痛，這是因為它的身子骨不夠軟。」他朝著公子燕說：「大人，先讓我把它的身子骨練軟了，那時它就會怕痛了，一棵會怕痛的樹……」

「才能練習怎麼閃？」潘玉珊接話。

阿莊豎起大拇指說：「對，等它學會閃了，我再教它躲。」

「好好好，這事就交給你辦，你馬上把它的身子骨給練軟吧。」公子燕好開心。

「沒問題，我先用三年的時間把它的身子練軟了，再花三年的時間教它怎麼閃。只要學會了閃，這棵樹再學上三年擺腰扭臀的功夫，它就會躲馬車了。」

公子燕的眼睛瞪成牛鈴大。「照你這麼教，至少要九年？」

「那還得要這棵樹天資聰穎，才能用九年就學會這門功夫。換成一棵資質駑鈍的樹，練個三、五十年也是正常的。當然啦，跟樹的壽命比起來，三、五十年其實不算長。」他說到這裡，呵呵呵的笑了。

「三、五十年？」圍觀的眾人叫了起來。

「要那麼久的時間？」

「太久啦。」

公子燕搖頭說：「學五十年才學會躲馬車？哼，為了讓樹躲馬車，我還得等九年？笑話，我可是公子燕，我只要把韁繩一拉，馬車就繞過去了，幹麼等九年。你們宋國人真是笨透了。」

潘玉珊贊成。「對呀，樹又不會動，還是你自己閃了比較快。」

樹下一片叫好的聲音，公子燕得意洋洋的駕著馬車走了。

當然，他還不忘在車上笑著說：

「真是一棵笨樹，躲馬車竟然要學九年，哈哈哈哈。」

看著他走遠的背影，樹下的人也都笑了。

「都是阿莊的功勞。」

「對對對，說了個好故事，救了棵好大樹。」

戰國寓言多

文中的阿莊愛說故事，用故事救了一棵樹。其實在戰國時代，如果你能說個好故事，說不定就能升官發財呢。

當時的人，說的故事並不長，而且故事裡又含有作者對人生的觀察和體驗——我們把這樣的故事，稱做「寓言」。

好的寓言故事，可以把抽象難以理解的事，用一個簡單的故事說出來，讓人立刻得到體悟。像晏子身材矮小，去楚國時受人譏笑，故意開個小門讓他走。他便說：「去大國走大門，去狗國才走狗門。不知道我今天到的是哪一國？」楚國人聽了，覺得很慚愧，急忙開了大門迎接他。只是簡單的小故事，卻表現出他的機智，也為自己贏得了別人的尊重。

在戰國時期，因為人民受的教育並不高，想說服別人時，透過寓言這樣的小故事是最簡單的。當時的人為了遊說君王，都要非常小心，一旦出言不遜，往往會招來殺身之禍。既想保全自己，又想排難解紛，讓君王有所省悟，講個寓言故事是最好的方式。

我們現在讀的「自相矛盾」、「鷸蚌相爭」、「井底之蛙」等寓言，便是當時人們留下來的故事。多讀古人智慧，下回遇到難以解決的問題，試著從寓言裡找解答吧。

超時空傳聲筒

鷸蚌相爭

鷸鳥趁著蚌殼打開啄食蚌肉，
卻被蚌夾住了嘴。
鷸說：「不下雨，曬死你。」
蚌答：「不放開，餓死你。」
雙方互不相讓，路過的漁夫看見了，
把牠們都抓了起來。

井底之蛙

井蛙的青蛙跟從東海來的大鱉說：「你看我多快樂，我可是這個井的王呢。要不要進來看？」大鱉進不了小小的井。鱉說：「你見過大海嗎？你知道海有多大多深嗎？洪水或旱災，也不會使大海的水增加或減少。住在東海才是大快樂呢。」井底蛙這才明白自己的微不足道。

自相矛盾

有個楚國人賣矛和盾。他說：「我的盾很堅固，沒有矛能刺穿。」又說：「我的矛最銳利，甚麼盾都刺得破。」圍觀的人說：「那用你的矛刺你的盾，會怎麼樣呢？」

6 這裡的，都是人質

在眾人的歡笑聲中，有個人把畢伯斯撞開。他氣呼呼的，鼻孔張得很開，眼睛瞪得很大，連鬍子都一根根翹了起來。他橫眉豎眼的瞪著阿莊說：「你，你剛才是不是在騙我？」

哎呀！是脾氣暴躁的公子燕又回來了。

公子燕身邊跟了一幫人，個個捲起袖子喊：

「好個阿莊，敢來訛詐我們家公子？」

「不能饒了這個狂徒。」

「抓起來，修理他。」

畢伯斯和潘玉珊嚇呆了，阿莊好像也嚇傻了。那些人正想朝他拳打腳踢時，路口兩個人飛奔過來大喊：「燕王過世啦——燕王過世啦！」

話還沒飄上天，兩邊的人已經牽來馬車，後頭的人扛著行李，公子燕則突然痛哭失聲：「父王啊，父王啊，孩兒這就馬上趕回去看您啦。」

公子燕哭是哭，可是沒淚水。他跳上馬車，接過行李。剩下的人自動排成兩

行，高聲喊著：「公子殿下，一路平安。」

公子燕調轉馬頭，一溜煙就朝著城門口飛奔而去。

這一切發生得太快，快得阿莊的手都還護在頭上。等了半天沒人打他，他才從驚恐中恢復過來，擦擦汗，拍拍塵土，以為沒事了，前方又響起一陣聲音：「演練結束，公子燕回來了。」

馬車緩緩的從路口回來了……公子燕下了馬，急匆匆的問：「怎麼樣，如何？我的時間多少？」

一個管家模樣的人看了看路邊一個有孔的水壺說：「公子，恭喜恭喜，今天破紀錄，只花了刻漏十二刻的時間。」

「刻漏十二刻？」畢伯斯不太懂。

阿莊在旁邊解釋：「就是時間，他只花了十二刻的時間。」

管家一臉喜孜孜的說：「今天我們家公子破了紀錄，你們騙他的事就不跟你們計較了。告訴你們吧，十二刻的時間，打破公子趙保持的最高紀錄，是不是很厲害？」

畢伯斯懂了，這個時代的人沒有手錶，只能用這種漏水的水壺來計時。但是他隨即又想到：「他破的紀錄又是怎麼一回事啊？」

阿莊壓低了聲音說：「是開溜回國的時間。」

「溜去哪一國？」

阿莊還沒回答，那管家自己解釋：「我們公子，是當今燕王第八個妃子的第三位公子，奉命來秦國當人質。如果燕王過世了，他得趕在其他兄弟之前，快馬加鞭回去搶王位，你們懂了吧？」

「如果搶輸了呢？」

管家兩手一攤說：「那就得繼續留在這裡當人質。」

「當人質？」潘玉珊問，「公子燕被綁架了嗎？」

「什麼綁架，我們是和平的代表。」那些牽馬的和扛行李的圍過來，你一言我一語的說。

原來，這個年代的國家為了擴大自己的領土，整天都想把別的國家打下來，所以就訓練了很多的士兵。有了士兵，大家就開始打仗。今天你打我，明天我打他，後天他和你打我。打仗要花很多錢，可能會死很多人，一直打下去，再有錢的君王也受不了。

於是聰明的人想出好方法，讓大家互相訂和約，約好了不打仗。

那怎樣才能共同約束真的不打仗呢？

「兩個國家訂個約，大家各派一個人質。」

「大家都有人質在手中，就不會打仗啦。」

「人質都是忍辱負重的。」

「人質也是有未來的。」

管家激動的說：「想當年我們齊國公子姜小白當人質，他回國時跑得比哥哥快，後來當上齊桓公，成了五霸之一。所以說別看不起人質，說不定有一天，我也能回國當國君。好了，別說洩氣話了，今天該比什麼呢？」

「嗄？你不是管家嗎？」潘玉珊問。

管家抬頭挺胸的說：「什麼管家，我是奉齊王命令，特地前來維持兩國和平的太子齊。我叫姜小灰，母親是齊王的第十八位王妃。」

「哇，真是失敬失敬。所以，有一天你也可能回去當國君嗎？」潘玉珊問。

那些牽馬的和扛行李的振臂高呼：「當然，說不定有一天，我們都能回國當君王。」

畢伯斯好開心：「所以，你們都是各國派來的人質？」

抱棉被的揚起頭說：「我是公子魏。」

挑行李的也放下扁擔說：「我是公子趙。」

連牽馬的也說：「我是公子韓。」

他們異口同聲說：「我們都是和平的代表，未來各國的希望。」

哇，畢伯斯和潘玉珊好興奮，他們第一次和這麼多王子聚在一起。可惜這個時代沒有數位相機，不然大家來張團體照，那該有多好！

戰國人質多

春秋戰國時代，諸侯之間為了互相取信對方，通常都會互相交換人質，稱做「質子」。誰必須去當質子呢？一般來說，都以國君的兒子當人質最能取信人。所以，如果你的爸爸是國君，你雖然身為世子，卻極有可能要到別的國家當一段時間的人質。

當然，當人質不是綁架，一般來說並不會把人質關起來。他們除了不能回國之外，還是享有極大程度的自由。

歷史上最出名的人質是秦始皇的爸爸——秦異人。秦異人雖然生在秦國帝王之家，但是從小就被派到趙國當質子。幸好，這個可憐的質子被當時一位大商人呂不韋看上了。呂不韋認為秦異人是個寶，奇貨可居，想盡辦法在他身上投資，還讓他回到秦國，最後當上了國君。

秦異人當國君的時間並不長，不到一年就死了，王位留給了他的兒子秦王政——這秦王政就是後來的秦始皇。他消滅六國，統一中國，成了中國歷史上第一位皇帝。呂不韋也因此成為宰相，擁有至高無上的權力。

想一想，呂不韋這筆投資，是不是很划算？

超時空傳聲筒

7 畫張團體畫

雖然沒相機，但是畢伯斯會畫畫，而且畫得還不錯。

「我幫大家畫一張團體畫吧。」畢伯斯撿了一片木板，選了一塊黑色的石頭。他是素描高手，畫幾個人物不成問題。

不過，太子齊說話了：「畫畫可以，我得站在最中間。」

「你又不是年紀最大的，憑什麼站在中間？」潘玉珊問。

「那得看身分地位呀，」太子齊說，他搶過木板，在上頭畫了齊國的地圖，「我們齊國地大物博，光是首都臨淄就有七萬戶人家。齊國的街上總是擠滿了人。我們齊國人若是同時把衣袖舉起來，就會像個大帳篷；要是人人揮一把汗，哈，那就像下雨一樣。」

「汗水雨？」畢伯斯搖搖頭。

「咦？」潘玉珊好像聽過這故事，「揮汗成雨？」

太子齊又說：「齊國靠著大海，海水能煮鹽，大海可撈魚。齊國是個好地方。要是有一天我回到齊國當了國君，我一定會好好訓練軍隊，不讓別的國家欺負我們。你們想想，我這麼有理想，是不是應該站中間？以後我當國君，你們也可以沾光啊。」

潘玉珊聽了搖搖頭，她沒見過這麼自大的傢伙。

公子燕的反應更快，他直接搶過黑石，在齊國的上面寫個大大的「燕」字，還畫出燕國的國土。

「你說齊國強？哈哈哈，我們自從昭王即位以後，就修築黃金臺，廣招各國人才，由魏國來的樂毅主持國政。經過這些年來的努力，現在的燕國可是雄霸一方。這張團體畫，我才應該站中間吧。」

公子燕說站就站。他木板一拋，對著畢伯斯說：「小弟弟，畫吧，把我畫得威武一點。」

旁邊的公子趙笑著搖搖頭說：「燕國？哈哈哈，我想大家都聽過燕國人的笑話吧。燕國一個孩子聽說趙國人走路姿勢好看，便專程跑到趙國的邯鄲學走路。好笑的是，他沒學會邯鄲人走路的樣子，卻先把自己走路的姿勢給忘了，最後只好用爬的回燕國。你們說好不好笑？」

「趙國人走路怎麼好看？公子趙，你能走兩步給我們看看嗎？」潘玉珊很好奇。

公子趙揚揚得意的在場中昂首闊步走了一圈後，伸手在木板上畫：「趙國，在中原之北。我們的騎兵天下無敵，趙國才是最強的國家。」

公子趙說完，自己站到人群的中間，還用右手托著腮，「小弟弟，你畫吧。」

「停，」楚國旅行團裡有個老爺爺搶走那塊黑石，在木板上圈出一塊大大的疆域，「走路好看能幹麼？我們楚國的人才最多，不管是屈原大人，還是幫勾踐復國的范蠡和文種，又或是幫吳國的伍子胥，他們都是楚國人。楚國地廣人多，物產豐富，國勢蒸蒸日上。」

一聽到屈原，畢伯斯的眼睛亮了，他終於聽到一個耳熟的名字。「是那個投汨羅江的屈原嗎？」

「什麼投汨羅江？屈原大人是楚國的大臣，輔佐楚王。楚國人才多，國土面積大，誰能比得上呢？」老爺爺有點疑惑。

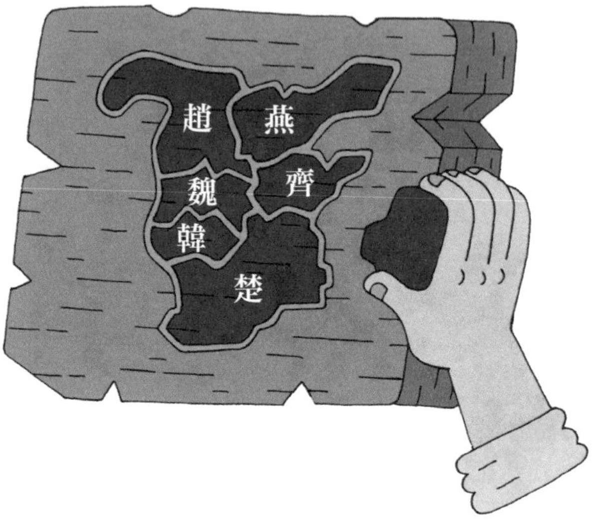

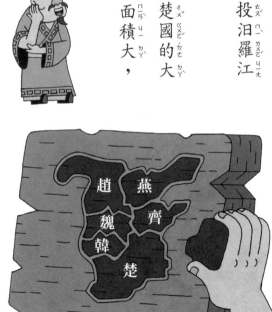

他一說完，楚國旅行團的人全發一聲喊，爭著要擠到正中間。阿莊在一旁拍手笑著說：「你們真是愛吹牛，空口說大話。」那些世子聽了都很生氣，丟下那塊板子，圍著他說：

「什麼吹牛？」

「你才說大話呢。」

阿莊不慌不忙的站起來，拱手說：「如果各位的國家強，武力盛，大家又何必千里迢迢來秦國當人質呢？各位還是好好想想，該怎麼溜回國搶第一，那才實際呀。」

世子們想反駁，嘴張得大大的，卻都無話可說。被他們搶來搶去的木板，最後就丟回給畢伯斯。

「還畫不畫呢？」畢伯斯問。

那些人搖搖頭，牽著馬，垂頭喪氣的走了。

楚國旅行團的團員也嘆氣。

「不參觀了，我們想回家了。」

望著他們離去的背影，阿莊卻拍拍手說：「走吧，我肚子餓了，咱們去吃飯吧。」

我們確定要跟著阿莊走嗎？
我看他是好人，跟著他應該沒問題啦。

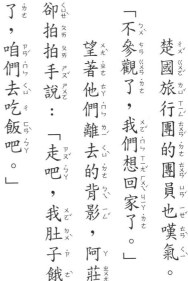

隆隆戰鼓響戰國

春秋時期，晉國稱霸，但後來被韓趙魏三國瓜分，從此進入了戰國時期，分成七大國家，兵器上改用鐵器，打仗也由車戰進入步兵戰，規模動輒數十萬人起跳，殺伐聲響徹雲霄。

韓

韓國因靠在秦國邊上，占據軍事要道，連年爭戰不斷。公元前三五八年，韓昭侯請法家的申不害為相，嚴刑重罰下，國力暫時增強，但很快又衰敗，是六國中最早被秦消滅的國家。

魏

魏國是三家分晉後實力較強的國家，經過「李悝變法」後，魏國很快的強大起來。魏惠王把國都從安邑遷到大梁後，魏國國力達到鼎盛。後來魏國攻打趙國，齊國派兵援救趙國，孫臏用「增兵減竈」之計擊敗魏國。從此魏國一蹶不振，直至其被秦國滅亡。

趙

戰國後期，趙國擁有名相藺相如、大將廉頗，使趙國變成強國。在廉頗、藺相如輔佐趙國的十年中，秦國一直不敢對趙國用兵。直至西元前二六〇年，秦國大將白起使用離間計讓王換掉廉頗，改用趙括。後來，秦國果然如願在長平擊敗趙軍。從此，秦國開始逐步消滅六國，統一天下。

超時空傳聲筒

燕

燕國原是北方的一個小國，因為遠離中原，並沒有被捲進太多戰爭裡，直到春秋末期成為北方的大國。到燕太子丹的時代，秦國強大，太子丹派遣刺客荊軻去刺殺秦王。不料荊軻事敗被殺，反而讓秦王對燕國痛恨不已，於西元前二二六年消滅燕國。

楚

戰國初期，楚國是七強中領土最廣的國家，物產豐富，人才鼎盛。可惜國君不重用自己的人才，逼得人才出走，被他國重用，最後回頭傷了楚國自己。楚懷王時，楚國曾一度興盛，他重用屈原等大臣，卻因貴族們反對改革而草草收場。後來楚國不斷走下坡，最後被秦國所滅。

齊

齊國是六國中比較強大的國家，離秦國最遠，一直沒跟秦國正面衝突。西元前三一四年，齊宣王趁燕國內亂之際，出兵攻占燕國首都，卻被燕國人民擊退。而燕昭王為報一箭之仇，任樂毅為大將，聯合各國伐齊聯軍只用半年時間便攻占了齊國大部分國土。後來，齊國大將田單以少勝多，大敗燕軍於城下，才使齊國免遭亡國之禍。但這五年的戰爭中，齊國損失慘重，強國地位再也無法恢復，直到被秦國滅亡。

秦

秦國最早的領土位於中原的邊緣地帶，國勢較弱，不受其他國家的重視。秦穆公時代，秦國經過多年經營，國家實力增強，終於有本錢參加中原爭霸，成為春秋五霸之一。秦國真正的改革是從商鞅變法開始，之後秦國不斷變強；秦始皇登基後，開始征服六國，最後統一了中國。

「揮汗成雨」的齊國臨淄

齊國靠東邊臨海，海裡能捕魚又能曬鹽，因此經濟發達，人才濟濟；自春秋時代起，齊國就是東邊一霸。

秦國在最西邊，齊國在最東邊，最能與秦國抗衡的就是齊國了。

齊國的首都叫做臨淄，是個很商業化的都市，規模相當大。當時有個名叫蘇秦的人，在他去遊說齊王的一番話中，顯示了臨淄的繁榮：

「臨淄之中七萬戶，臣竊度之，不下戶三男子，三七二十一萬，不待發於遠縣，而臨淄之卒，固已二十一萬矣！臨淄甚富而實，其民無不吹竽鼓瑟，擊筑彈琴，鬥雞走狗，六博蹹鞠者。臨淄之途車轂擊，人肩摩，連衽成帷，舉袂成幕，揮汗成雨。」

這番話的意思是說，齊國人民生活富庶，可以彈奏樂器或聽音樂，可以鬥雞鬥狗或看人賭博，要玩踢球等各式運動也沒問題。臨淄馬路上來往的車輛很擁擠，常常車輪和車輪相撞。行人走路時肩膀碰著肩膀，人們的衣襟連起來可以合成圍帳。大家一起揮揮汗，就如同下雨一般。

雖然蘇秦的描述似乎太誇張了一些，但是足以證明臨淄的富裕與人口眾多。

可惜，蘇秦沒有成功讓六國團結起來對抗秦國，反而是秦國採用遠交近攻的計謀，讓齊國袖手旁觀，看著秦國攻打鄰近的五國。等秦國滅了五國，齊國當然也難逃滅亡的命運。

超時空傳聲筒

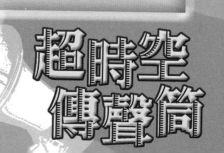

8 我會「B-box」

畢伯斯很愛美食，他總是隨身帶著數位相機，吃到哪裡拍到哪裡，拍完還要上傳到網路上跟大家分享。

雖然今天沒有相機，他緊握著木板和黑石，等一會兒吃到戰國的好料理，他一定要立刻畫下來，帶回可能小學去。

阿莊要帶他們上哪兒吃美食呢？

咸陽城是座大城市，街道上餐館林立，布做的招牌隨風搖曳。大餐廳鍋鏟翻動鏗鏘響，畢伯斯的肚子跟著咕嚕咕嚕叫，阿莊的腳步卻停也沒停。

阿莊走到小飯館門口，裡頭飄散著誘人的飯菜香。

潘玉珊搖搖頭說：「看起來衛生不佳。」

阿莊用力吸了吸。「好了，吸飽了，走吧。」

「什麼？光吸氣就飽了嗎？」畢伯斯急忙拉住他。「可是我們還沒吃飯哪。」

阿莊把手一攤，「想吃飯哪？」

「對呀，肚子快餓癟了。」畢伯斯說。

「可是，我沒錢哪。」

「你沒錢？」他們兩個哭笑不得的問，「那要怎麼吃飯？」

「吃飯倒也不一定要用錢啦。」阿莊神祕的笑了笑。

「那是要去吃霸王餐嗎？」畢伯斯腿都軟了。今天上學時，他只吃了一顆包子，要是再不吃點東西……

這時，路邊有座宅院裡傳來幾聲鑼響。有人高喊：「開飯啦！」

「你們看，邀我們吃飯的來了。」阿莊三步併做兩步，「走走走，開飯啦。」

「人家沒邀請我們哪。」

「這樣不好吧？」

他們兩個彆彆扭扭的。

阿莊不理他們，一個跨步邁進院子裡，簡直把那裡當成他家了。

寬闊的院子，高大的屋子，是誰住這裡呢？

院子裡坐滿了人。熱氣蒸騰的廚房裡，僕人不斷的端出飯菜。

阿莊二話不說，拉著他們就想擠進人群裡。

一個虎背熊腰的大漢攔下潘玉珊說：「麵生。」

「叔叔，麵生的怎麼吃啊？」潘玉珊搖搖頭，「我要吃熟麵。」

「不，我是說從沒見過你，看起來很面生。」

「多看幾次就熟了。」潘玉珊趕緊急中生智。

她說完就想擠進去，大漢又把他們拉出來。「小姑娘也是我們孟嘗君大人的門客嗎？」

孟嘗君？這名字她聽過。

潘玉珊急忙點點頭說：「對呀……我……我是他的門客。」

她想起來，孟嘗君是戰國時代裡養了最多門客的人。

「真是失敬失敬，不知道小姑娘的絕招是什麼？」大漢聽說她是門客，口氣客氣多了。

「絕招？」

「我是問，你有什麼特別的功夫、專長，或是本事嗎？」

潘玉珊學過不少才藝，什麼劍道武術和跆拳都難不倒她。不過，她最近比較常跟爸媽去的是……「攀岩！」她大喊。

大漢聽得一頭霧水，態度更恭敬了，「請問攀岩是什麼本事啊？」

潘玉珊指著遠山說：「再陡峭的岩壁也難不倒我。新北投的熱海岩場和東北角的龍洞岩場我就常去爬。」

「你是說爬山嗎？那沒什麼吧。」

這裡院子的圍牆很高，潘玉珊說：「這片牆我也能爬上去。」

「飛簷走壁？」

「差不多啦。」

那人收起笑臉。「那就是個小飛賊嘛，哼，竟然敢來當門客？」

潘玉珊大聲抗議，攀岩不是小偷。但是他不聽，回頭去問畢伯斯：

「那這位小哥有什麼本領來吃這碗飯呢？」

「我？」畢伯斯剛才就在想了，他喜歡畫畫，也喜歡捏公仔，最近學的才藝是……「B-box！」

「畢巴可士？那是什麼？」這個大漢搔著頭。今天來的兩個小鬼不知是何方神聖，說的本事，他聽都沒聽過。

一講起B-box，畢伯斯就笑了。「我會學火車的聲音……」

他立刻學起平交道警鈴的噹噹聲——一列普悠瑪號由遠而近的來了。過鐵橋，進隧道，最後再由近而遠，漸漸離去，只剩下警鈴噹噹的聲音，緩緩的停止……

潘玉珊第一個拍手叫好：「太帥了，我都不知道你會這個。」

其他人卻聽得目瞪口呆。「那是什麼怪聲音？」

也對，這個時代的人沒見過火車。

畢伯斯四處張望……有了，門邊拴著兩匹馬，他立刻學起馬兒興奮的嘶鳴聲。幾個門客以為真的有馬在叫，扭頭查看，卻看到門邊的馬好好的繫在樹下，正在那兒優閒的吃草。

大家還沒搞清楚狀況，跟著又是一陣萬馬奔騰，急馳而來的磅礴聲音，把門客們的臉都嚇白了。他們東張西望，發現什麼也沒有，這才拍拍胸口，鬆了一口氣。

畢伯斯繼續表演，馬群之後換成戰鼓咚咚響，彷彿地面也在震動一般。直到鼓聲漸弱停下後，他才問：「這……這樣還可以嗎？」

沒人理他，因為大部分的人都忙著吃飯聊天。

「你就是個學口技的小丑嘛，什麼畢巴什麼士。」大漢嘆了口氣。

「那你……」大漢轉而指著阿莊，「你會什麼本事呢？」

「我只會說故事。」

「說故事？哼，賣弄口舌。來人哪，給這幾個新來的三等門客招待飯菜囉。」

「來囉！三等門客飯菜到。」

一個老婆婆喊著。砰的一聲，他們眼前出現一盤炒得黑不溜丟的青菜和一顆硬得像石頭的糕點。

B-box 是很專業的表演，
你們古代人太沒眼光了！

孟嘗君

孟嘗君姓田，名文，是戰國時齊國的貴族，與趙平原君、魏信凌君、楚春申君並稱戰國四公子。他的父親是齊國宰相田嬰。

孟嘗君出生的日子很不巧，是五月五日。根據齊國的風俗，這天出生的小孩只要長到門的高度就會剋死父母。他的父親命人把他帶去丟掉，孟嘗君的母親不忍心，暗中把他養育成人，還安排他與父親相認。

孟嘗君認父時說：「人命是由天命控制，還是由門的高度控制呢？如果是由門的高度控制，只要把門加高便行了。」

父親一聽，覺得他的話有理，從此就很器重他。

孟嘗君看著民間百姓為了生活，粗衣淡飯不可得；然而他父親的姬妾卻享受著榮華富貴。他深深不以為然，曾和父親有過一次對談，他問父親：

「兒子的兒子是什麼？」

他父親說：「是孫子。」

他又問：「孫子的孫子是什麼？」

父親說：「是玄孫。」

再問：「玄孫的孫子是什麼？」

他父親說：「那怎麼會知道呢？」

孟嘗君早早就領悟，誰也無法照顧子子孫孫，何必留那麼多財產給他們；重要的是培養子孫成為有利於天下的人。這種觀念，現代人也比不上！

也因為孟嘗君對人寬宏大量，有才之士紛紛投到他的門下。他共有三千食客，有才高八斗之士，有平庸忠誠之人，也有只是來混吃之輩，孟嘗君都能與他們平起平坐。

9 赫赫有名的蜘蛛女俠

潘玉珊正想把那個像年糕的饅頭拿來吃，畢伯斯喊住她：「等一下，我還沒畫呢。」

木板的一面已經畫了幾個國家。他把板子翻到背面，仔細的畫。

阿莊很快就把自己的食物吃完了。他抹抹嘴角，抬起頭，看到他們的飯菜都沒動。他也不客氣，在畢伯斯的制止聲中，一口咬掉半顆饅頭，「還可以啦。」

於是他又把那剩下的半顆一口塞進嘴裡說：「湊合著吃啦，這個孟嘗君好像愈來愈小氣，給門客的食物愈來愈糟。」

「啊，我想起來他是誰了，孟嘗君，他是齊國人。他的門下養士三千人，是戰國四公子之一……」

那大漢恰好經過，補充道：「除了養士三千，秦王還打算邀請我們主人當丞相呢。」

大漢話才說完，前門來了一列士兵，樣子很凶狠，站在門口，一動也不動。

前門被士兵牢牢看守著，想出去的，被喝令回來。想進來的，被擋在門外。

士兵們齊聲說：「秦王有令，孟嘗君等人，不得任意出入。」

「我們被關起來了嗎？」

「看樣子是軟禁。」

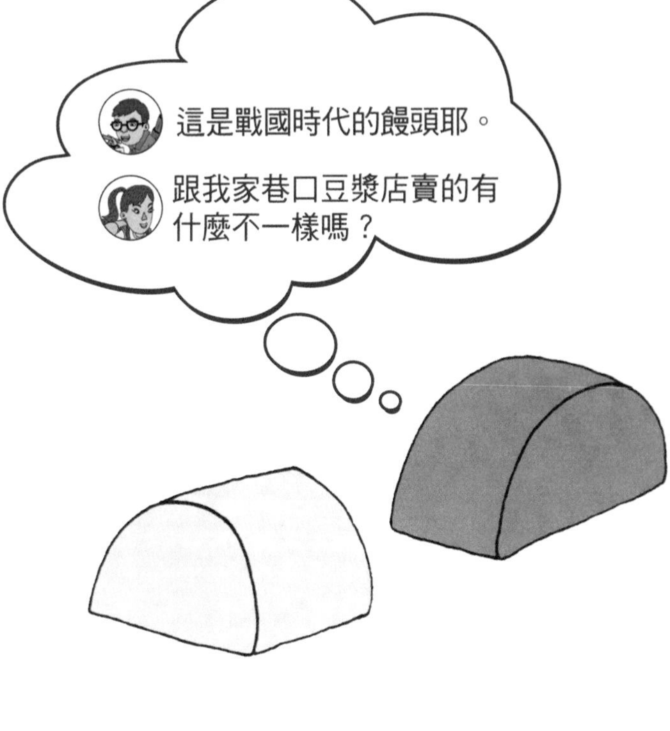
這是戰國時代的饅頭耶。
跟我家巷口豆漿店賣的有什麼不一樣嗎？

有個叔叔匆匆走進來跟大漢說：「秦王突然反悔，不想讓主人當丞相了。」

「那為什麼又派兵前來？」

「他們擔心主人在這裡久了，已經知道秦國的祕密，打算將我們軟禁起來。啊，主人來了。」

「孟嘗君？」潘玉珊好興奮，孟嘗君的故事她讀過，直想往人堆裡擠。

那位孟嘗君方頭大耳，一雙眼睛炯炯有神。

想跟我主人交朋友，拿一項技能來交換。
我是孟嘗君，我最喜歡交朋友了！

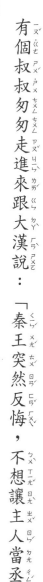

畢伯斯說：「你開心什麼呀，他看起來又不帥。」

「帥不帥不是重點，重點是他有三千名食客，連小偷也招待。」

「小偷？哈哈哈，這有趣。」阿莊湊過來。

潘玉珊愈說愈得意：「別瞧不起小偷。孟嘗君被軟禁在秦國時，這個小偷幫他偷了一件白玉狐狸衣送給秦王的愛妾，這才順利脫身。他們離開秦國時，因為天色已黑，必須等到天亮城門才開，結果……」

「我猜，小偷爬上牆去開門，對不對？」畢伯斯說。

潘玉珊笑了笑，「錯了、錯了，是他們裡面有個人……」

她說到這裡，發現自己四周圍滿了人，最前面的正是孟嘗君。旁邊的大漢指著她說：「主人，就是這個人，她會飛簷走壁，是江湖上赫赫有名的……」大漢大概想加重她的分量，臨時替她想了個外號，「蜘蛛女俠。這是上天送我們的禮物，知道您今天有難，特地派來蜘蛛女俠。」

「我是蜘蛛女俠？」潘玉珊吃驚的問。

孟嘗君立刻和藹的拉著她的手說：「謝謝您，蜘蛛女俠，今天就要麻煩您了。」

「我？」

大漢壓低了聲音說：「我們平時受主人照顧，現在主人有難，即使前有刀山劍海，你也不應該推辭。」

「我……我只來吃了一餐飯，」她突然想到，「不對，我那塊不知名的年糕還是饅頭全被阿莊吃光了，讓他去刀山劍海吧。」

阿莊很開心，「好啊好啊，要我去做什麼呢？」

大漢推開阿莊，靠近潘玉珊說：「這件事只有你才成。你不是會爬牆，還專幹小偷嗎？等一下你就去秦王宮偷那件白玉狐狸大衣。」

「我？去偷白玉狐狸大衣？」

她看看四周，眾人臉上都流露出一股期盼的眼神。她突然明白了，原來自己就是去秦王宮的小偷。但是……

「攀岩要有裝備呀，你們有釘鞋嗎？有沒有安全繩？對了，我還要一雙牛皮手套跟一頂安全帽。人家說工欲善其事，必先利其器……」

在潘玉珊解釋攀岩工具與攀岩選手和運動的重要性時，大漢搶過畢伯斯的木板，隨手在板子後面畫起秦王宮的地圖。

他邊畫邊解釋：「東南角，大門進去左轉，房間後頭從左邊數來第六個木箱。打開就能找到那件白玉狐狸大衣。記住，是個大木箱。」

蜘蛛女俠潘玉珊只能跟著說：「大木箱，我要去找一個大木箱。」

孟嘗君把大漢畫好的板子交到她手上時，慎重的說：「萬事拜託了，蜘蛛女俠。」

潘玉珊的心臟怦怦跳，她突然意識到自己正在參與歷史大事。

「雞鳴狗盜。」她又想起來了，孟嘗君派她去偷白玉狐狸大衣，偷的時候被人發現了，她便學小狗的叫聲，騙走防守侍衛，完成了使命。

所以接下來，她真的順利的翻過圍牆，照著大漢畫的路線，找到秦王宮。

王宮正門的把守很嚴密，一個留著落腮鬍的侍衛，無聊的打了個大哈欠。

她朝著侍衛比個「ＹＡ」，那侍衛急忙摀住嘴巴，狠狠的瞪了她一眼。

潘玉珊急忙矮下身子，沿著圍牆走到王宮後面。這是一條安靜的小巷，一棵比王宮更高的參天大樹伸出一根橫生的枝幹，緊靠著宮殿的窗戶。

爬樹比爬牆更容易。潘玉珊是攀岩高手，她輕輕一個擺盪，身體就盪到了枝椏間。她順著樹枝正要跳進窗時，一隊衛兵恰好經過底下，她急忙伏低，動也不敢動。

這隊衛兵剛過去，又有一隊衛兵走過來。整整經過六隊衛兵，她才找到一個空檔，跳過窗，落了地，找到大門。

「太簡單了。」潘玉珊或許是太開心了，差點兒踩到一隻貓的尾巴。

「咪嗚！」那隻貓突然叫了一聲。

我正在戰國演出「不可的任務」啊～希望我可以比湯姆．克魯斯厲害……

貓咪叫很正常，但是秦王宮裡卻怪怪的。這貓一叫，四下突然傳來好多人的叫喊：「貓咪防護網啟動了，有人入侵王宮！」

「貓咪防護網？那是什麼東西呀？」

她急忙躲進屏風後頭，聽著侍衛們這裡一句、那裡一句的大喊：

「有人闖進王宮！」

「有人闖進王宮！」

「注意，有人闖進王宮啦！」

衛兵們的腳步聲愈來愈近，門外有個蒼老的聲音問：「找到了沒有？沒把刺客找出來，我把你們都宰了。」

咚咚，咚咚，有個腳步聲走進屋子裡。

潘玉珊急忙往後退，再往後退，直到她摸到一堵牆。一回頭才發現那不是牆，是個木箱。

那屋子裡有不少大木箱，每個箱子都很大。她伸手推推，木箱沒鎖。她立刻拉開箱蓋，裡頭只有幾件衣服。她連忙跳進木箱裡，再輕手輕腳把它闔上。

木箱裡頭很黑，那人繼續走過來。咚咚咚，咚咚咚，好像隨時都會拉開箱子……

汪汪汪，汪汪汪。

外頭傳來一陣狗叫聲，把王宮裡的貓咪嚇得咪嗚咪嗚的叫。門外好像有人在喊：「大人，是狗，有隻狗闖進王宮，誤觸了貓咪防護網。」

「知道了，還是四處看看，小心防備。」那個蒼老的聲音說完，重重的腳步聲便往外走去。

四下又安靜了。木箱子裡有點悶，潘玉珊又等了好一陣子，確定再也沒有任何聲音了，這才小心翼翼的試著把木箱子往上推開。沒想到她根本還沒推，那箱蓋就被人一把拉開。

「死定了！」潘玉珊心裡閃過這念頭。但是，低頭望著她的，不是侍衛，也不是剛才那人，竟然是畢伯斯和阿莊。

「你們……你們怎麼來了？」她嚇得眼淚都快飆出來了。

阿莊說：「畢伯斯擔心你，要我陪他來救你。」

「救我？我是攀岩高手，又是野外求生的專家，還要你們來救我？」

畢伯斯笑嘻嘻的說：「剛才要不是我學狗叫，那個侍衛都快抓到你了。」

「原來是你呀，」潘玉珊突然想到，「你們又沒來過王宮，怎麼找得到我？」

「我有這個呀。」畢伯斯亮了亮手裡的木板，上頭畫著王宮地圖。

「可以走了吧？」

潘玉珊記得自己的任務。「我還沒拿到大衣，不知道它在哪個箱子裡？」

怎麼會有人喜歡狐狸大衣？誰會想要把一隻動物披在肩膀上呢？

換阿莊笑嘻嘻的說：「蜘蛛女俠，那件大衣不就在你腳下嗎？」

潘玉珊低頭一看，箱子裡果然有件白色大衣！原來她陰錯陽差的躲進秦王的衣箱，難怪這個箱子大得像個屋子似的。

10 公雞應該怎麼叫？

孟嘗君將狐狸大衣送給秦王的愛妾，愛妾便向秦王要來了令符。有了令符，孟嘗君宅院門口的侍衛便全撤走了，孟嘗君他們也決定趁夜趕快離開秦國。

畢伯斯問阿莊：「齊國該往哪裡走？」

阿莊取過他的木板，那上頭已經畫了六個國家。他加上靠西邊的秦國，再伸手在東邊一指，「往那兒。」

三更半夜，東城門關得緊緊的。門下守著幾個衛兵，城樓上有幾根火把照明。

孟嘗君拿出令符。「我們有秦王的令符。快開城門讓我們出去。」

沒想到守城官搖頭說：「城門天黑即關，天亮才開。這是商鞅大人變法後訂下的規矩，什麼令符都沒用。」

潘玉珊忍不住問：「規矩規矩，又是規矩。你們為什麼那麼愛講規矩呢？」

「規矩就是道理。」守城官很正經的說：「天沒亮，城門不能開。天王老子來了，我也不開。」

「這可怎麼辦？」孟嘗君嘆口氣，「要是天亮前，秦王發現我們逃跑了……」

「天亮？天什麼時候亮呢？」畢伯斯問。

「公雞叫了，天就亮了。」大漢說，「我們在這兒傻等，說不定秦王追兵就來了。唉，雞為什麼還不叫呢？」

潘玉珊想起這時代沒有鬧鐘，只能等雞鳴，如果現在有隻雞來叫兩聲就好了……

大漢也想到了，他拉著畢伯斯說：「畢巴可士、畢巴可士，你會學公雞叫吧？」

「對對對，畢伯斯，就是你，你要出名了。你快學公雞叫，把城門叫開來。」潘玉珊好興奮。

畢伯斯卻搖搖頭。

「你會學火車，會學馬，還會學小狗。公雞更簡單，你只要喔喔喔的叫幾聲就好。」

「我……公雞喔……」

潘玉珊好急，「就只是一隻公雞呀。」

「但是……我沒聽過公雞叫啊。」畢伯斯說的是實話，他家住在二十五樓，每天搭捷運去上學，他真的沒聽過公雞叫。

「公雞，就是喔喔喔這樣叫啊！」

大漢學著叫了兩聲，旁邊有人喊：

「不像不像，應該是噢噢噢。」

「不對不對，小哥，你注意聽，應該是哦哦哦——」

黑暗中，所有的人都想貢獻自己知道的公雞叫法，這邊喔喔喔，那邊哦哦哦。有的蒼老，有的稚嫩，有的高亢，有的低沉……

沒想到他們太吵了，吵醒城門附近一隻老公雞。

這隻公雞很驕傲，牠拍拍翅膀，喔喔的叫了兩聲。

「對啦，公雞就是這麼叫。」大漢很得意，特地多學了幾聲：「喔喔喔——」

B-box到用時方恨少。
下次我要再多練一項
「公雞叫」。

「喔喔喔喔——」那隻公雞也不甘示弱。

這下子，東城門附近的雞全被吵醒了。牠們以為天真的快亮了，全都跟著那隻公雞叫了起來。

喔喔喔——

喔喔喔——

大漢手舞足蹈的說：「你聽你聽，全城公雞都在叫。小哥呀，你學會了沒呀？」

畢伯斯笑了。「學會了呀。不過我也不必學了。」

所有學雞叫的人都停下來問：「為什麼？」

畢伯斯手一指，「因為城門已經開了呀。」

「嗄？」

大家回頭一看，沒錯沒錯，城門正被人緩緩的推開。原來，守城的士兵聽到了雞叫，以為天亮了。

畢伯斯經過時，還聽見守城官打著哈欠罵人的聲音：「天亮了，天亮了，你們這些懶蟲還不起床。」

幾支火把照著路，昏昏黃黃的。人人低頭趕路。大漢不斷要求大家：「快一點，快一點，離秦王宮愈遠愈安全。」

走到一半，畢伯斯突然想到：「地圖，我忘了買地圖。」

對呀，出了城門就是郊外，郊外哪有地方賣地圖。

阿莊問：「你要什麼樣的地圖？」

「戰國的，我們校長要的。」

「戰國？」阿莊搔搔腦袋，「我聽過秦國、楚國、趙國，但沒聽過戰國。」

「我們校長說，沒拿到地圖別想回去。」畢伯斯說，「戰國七雄，得有七個強盛國家的地圖。」

「咦！你確定是七個，不是六個，也不是八個嗎？」阿莊似笑非笑的問。

「當然，就七個。」潘玉珊也說。

阿莊笑著把畢伯斯手裡的木板拿過去，指著上頭說：「小哥，你這不就是地圖了嗎？七個國家都有，而且——」他再翻回來，「現在上面還多了個秦王宮圖。」

畢伯斯不禁停下腳步，仔細端詳手上那塊板子。

火光下，板子被照得忽明忽暗；「楚齊燕韓趙魏」是那六個人質公子畫的。

再加上大漢畫的「秦」王宮，還有阿莊畫的秦國。

秦

「是戰國七雄，畢伯斯，我們找到地圖了！」潘玉珊拉著他的手，又叫又笑。

「對對對，我們找到了，我們找到了！」

他們在黑漆漆的大地上又叫又笑……

也不知道時間過了多久，總之，一定沒多久，因為潘玉珊發現周圍怪怪的。

她鬆開手，停下腳步，看看四周。

人全走光了。

剛剛還有一大票的人，現在卻像散了戲般，燈光滅了，演員走了，連觀眾……

「阿莊？阿莊？」潘玉珊叫了幾聲，夜涼如水，夜黑如墨，沒人回答。

遠遠的地方，有點亮光。

也許是孟嘗君他們還沒走遠。畢伯斯和潘玉珊忍不住往前跑了起來。

那光點，愈跑愈亮。跑著跑著，還可以聽到一陣咚咚咚的鼓聲。

黑暗裡的光似乎有魔力，他們恍恍惚惚、身不由己的不斷朝著光亮前進又前進。然後，他們同時都聞到了，空氣裡瀰漫著陳舊紙張的味道。那味道愈來愈強烈，好熟悉的感覺。四周愈來愈明亮，潘玉珊抬頭一瞧，那光亮原來是一盞小燈泡。

他們又回到了地圖室。

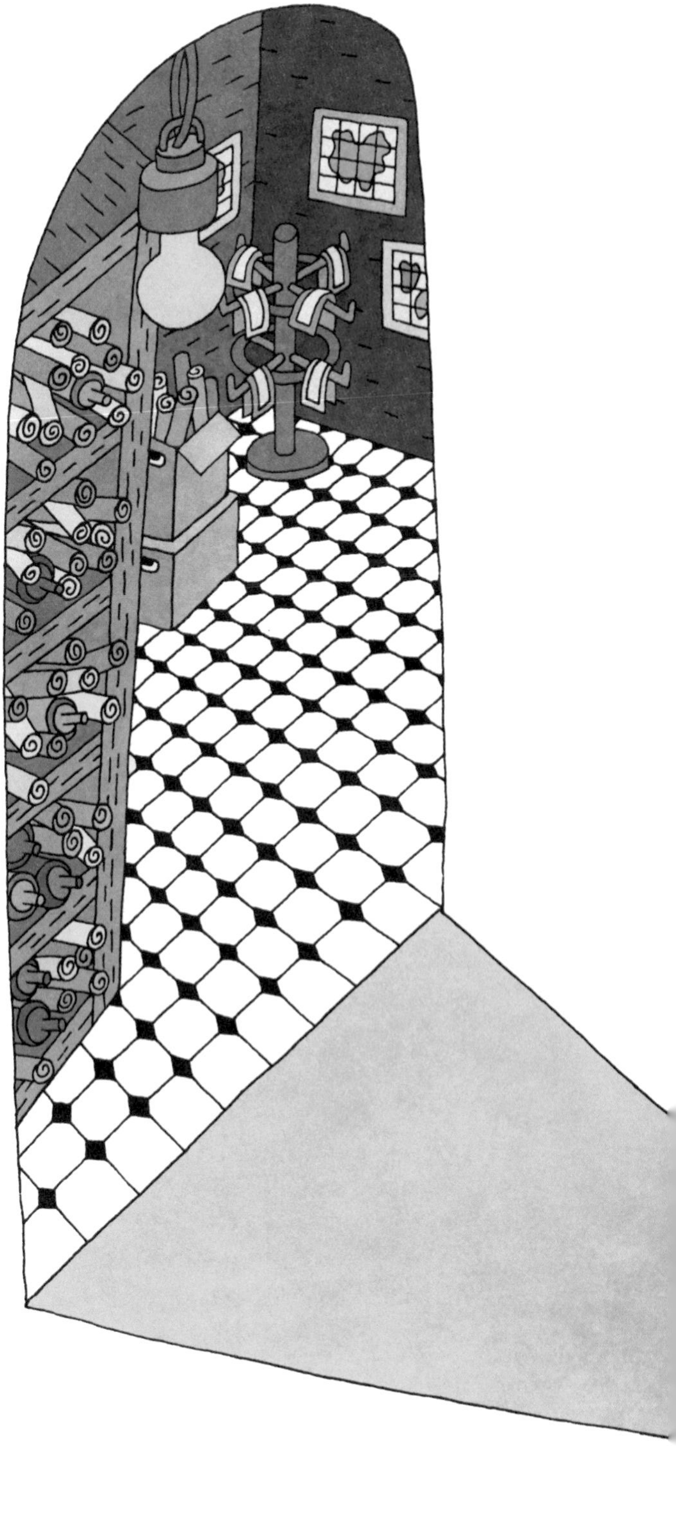

馮諼買義

孟嘗君的三千食客裡臥虎藏龍，除了雞鳴狗盜，還有很多有趣的故事，包括這一位馮諼。

馮諼帶了一把長劍去投靠孟嘗君，但是他又沒有任何長處，也沒有立過任何功勞，所以被視為三等食客，只能享有三等食客的福利。

沒想到馮諼不滿意，他在吃飯時彈著長劍高唱：「長劍哪長劍，回去吧，這裡吃飯沒有肉。」

孟嘗君知道了，也沒有怪他，還真的給他二等食客待遇——吃飯時有肉。

馮諼並不滿足，過沒幾天又彈著長劍唱：「長劍哪長劍，回去吧，這裡沒有銀子奉養母親。」

大家覺得他無理，孟嘗君卻答應他的請求，讓他拿銀子回家照顧母親。

有一次孟嘗君請他到「薛」地收租。馮諼問：「收完錢，要我買什麼東西回來？」

孟嘗君說：「你看家裡缺什麼就帶什麼好了。」

馮諼到了薛地，看到當地的農人，勤勞節儉卻沒什麼積蓄，他就把大家的借據收來，一把火燒了，還說：「孟嘗君體諒大家，年歲不好，今年的租金全免了！」村民齊聲歡呼。

馮諼回到家裡對孟嘗君說：「我看家裡什麼都不缺，就替您買了『義』回來了。」

孟嘗君雖然不高興，卻也沒有罵他。後來孟嘗君年老回到薛地時，薛地的百姓主動跑到百里之外迎接他。

孟嘗君高興的對馮諼說：「你為我買的義，我現在看到了。」

天生我才必有用，孟嘗君早早就看出這個道理。

超時空傳聲筒

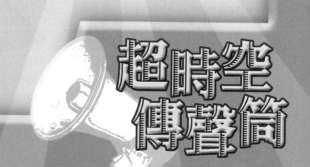

11 機車老師、該上課了！

推開地圖室的門，外頭是地下停車場，機車老師的保母車安靜的停在一旁。

遠處有咚咚咚的鼓聲，來自教學區三樓的六年級教室。

那扇六年級教室的門推不開——其實也不用推了，因為教室裡外全都是人，整個可能小學的孩子全來了。

機車樂團正在演唱，爵士鼓發出來的聲響，比秦國軍隊的鼓聲還要激烈。

但是，在學校打鼓開演唱會，這……這怎麼可能呢？

別忘了，這裡是可能小學。在可能小學裡，沒有不可能的事。

畢伯斯興奮的擠進人群，找到了校長。「我們把地圖拿來了。」

校長隨著節奏搖擺，拿著相機自拍，很不耐煩的說：「好好好，趕快把地圖拿去地圖室收好。」

「嗄？」

「剛才機車老師去上廁所，現在馬上就要開始唱歌了，這麼難得的機會……」校長搖著海報，另一手圈起來大叫：「機車，機車，好機車！」

以後我可以跟校長一起追星耶～
你們到底是來追星的還是來上課的！（怒）

「真的好機車！」潘玉珊直截了當舉起手，態度堅定又勇敢。臺上的機車老師看見了那隻手，停下歌聲問：「那位同學，你是要簽名、合照，還是握手呢？」

全場的人都安靜了下來。然後，就只聽見潘玉珊高聲的說：「機車老師，該上課了。」

戰國時代，有一個以「說故事」聞名的人。也許你會想，故事不就是「過去的新聞」嗎？過去的事情有什麼好提的？說故事又有什麼好處？講一個故事這麼簡單，怎麼可能有人因為會說故事而成名呢？

別懷疑，別心急，我們立刻請這位神祕嘉賓上場，跟大家說清楚，講明白！

：歡迎大家收看「絕對可能會客室」。

：在絕對可能會客室裡，會見到你想都想不到的人物。

：（驚訝狀）怎麼可能？

：所以才叫做「絕對可能」啊。

：那請問，今天我們請到的嘉賓是……

：讓我們掌聲加尖叫，歡迎來自戰國時代，愛說故事的阿莊！

：阿莊！我最愛聽你說故事了，請先跟觀眾們打聲招呼。

：大家好，我是阿莊，喜歡說故事的阿莊。

：阿莊，戰國時代的人，也太愛打仗了吧？打仗會犧牲很多人的生命，會害很多人流離失所，你們難道不知道嗎？

：打仗不是老百姓能決定的，要怪只能怪周朝的分封制度。周朝的天子把土地分給一大票諸侯。剛開始，周天子還能約束大家，等到周天子失去威嚴，管不動諸侯了，那些諸侯就開始擴張勢力，明目張膽的擴充軍隊，購買武器，戰爭就一發不可收拾了。

：說來說去，還是大家都想搶當天下第一。

：就像武林盟主的寶座。

：沒錯。春秋時代就有「霸主」的封號。那時，只要當了霸主，大家都會聽他的話；但是到了戰國，大家競爭更激烈了，只當霸主不過癮，最好就是把其他人都消滅了，更痛快。

：戰國時代愛打仗，也愛聽故事。你們那時候說的故事，我們現代都還常聽到呢。

：是嗎？

：像井底之蛙、自相矛盾，還有鷸蚌相爭跟畫蛇添足，這些我都讀過。

：原來我們說的故事都被寫進書裡啦。

：如果算版稅應該有不少錢。

：我沒收到稿費呀？

：這你可能要找出版社拿，不過可能是你離現代太遠，他們不知道該怎麼把錢給你。對了阿莊，你們戰國時代的人為什麼這麼愛說故事呢？

：在戰國時代同時出現十幾種學派，每種學派都覺得自己的觀點最

好，紛紛去向國君們推銷自己的理想，想讓國君、大臣們聽得懂，最快的方法就是把道理放進故事裡，人人都愛聽故事，把道理藏在故事裡，就像是包了糖衣的藥。

：我知道！這種故事叫做寓言。

：用寓言說故事還有個好處。如果國君聽了故事很生氣，想砍我的頭，我就跟他說：「我只是在說個故事，沒有想要勸諫您的意思喔，您可千萬不要自己對號入座。」

：真聰明，難怪你愛說故事。那今天有沒有準備故事給我們？

：當然，我打算說一個……咦，不行！

：怎麼不行了？是你忘了把故事帶來嗎？

：我現在知道我說的故事都會變成書，變成書就可以拿去賣，那我怎麼可以隨便說給你聽，讓你占我的便宜呢？想聽故事，等我寫成書吧。

：阿莊真是現學現賣，立刻懂得版權很重要。好吧，我來當你的經紀人，以後你出書賺了錢，我們一人一半。

：太好了！不過，我不要錢，我也不要賣，你們現在的君主是誰，把我的書送給他看，問他要不要照我的方法治理國家。

：所以，你這本書只要賣給……

：不要賣，不要錢，送給君王看，他看了之後願意採用我的學說，那比賣再多錢都值得。

：這麼說來，我這經紀人不就抽不到版稅，賺不了錢？

：錢錢錢，錢多了不自由。

：你的話好深奧喔。

：不深不深。從前有個人，他有一種藥方，那是他們祖傳留下來的。他靠著這個藥方調出一種藥，讓他的家人們把藥塗在手上，幫人家洗棉絮過日子，手也不會凍壞。

：那很好啊。

：後來有個人知道這消息，大老遠跑來出一百兩黃金要買這藥方。那一家人洗一整年棉絮也賺不到幾兩銀子，如果把藥方賣了，立刻就能賺進百兩黃金。他們全家聚在一起討論，到底賣不賣呢？

：當然賣啦，不賣的是傻瓜。

：不不不，既然有人要出一百兩黃金，那表示這個藥方的價值一定更高，別賣。

：（豎起大拇指）唉呀，潘玉珊，你果然聰明，你真應該當我的經紀人。

：為什麼？一百兩黃金，他們搞不好做一輩子也賺不到啊。

：那個買家買了藥方回去，把它獻給吳王，並且向吳王解釋這種藥的好處。那年冬天，越國發生內亂，吳王派他領兵攻打越國。天寒地凍的，他們和越國軍隊進行水戰，因為這個人有不讓手龜裂的藥方，所以他的部下大敗越國軍隊。吳王很高興，就賞給他一大塊土地。怎麼樣，如果是你，你賣不賣呢？

：如果是我，我才不賣。

：如果是我，我還是賣呀，因為我還是不知道這藥方還能做什麼，最後只能繼續去河邊洗棉絮。

：你這樣講也對，一個東西的用處，還是要看使用它的人，遇到識貨的，它才能展現最好的價值。

：哈哈哈，阿莊，你本來說今天不講故事，但是我們觀眾還是聽到了一則好故事。

：希望我這則故事，對觀眾朋友們有用。

：好，我決定做你的經紀人，只印一本書，只送給一個識貨的人，最好還有個國君願意送我們一塊地，到時候我就蓋豪宅，蓋工廠，經營民宿，一樣能賺大錢。

：不不不，千萬別這樣。我如果有一塊地，我會讓它自然調養，該長樹就長樹，該開花就開花。

：你什麼事都不做，那要地做什麼呢？

：誰說我什麼事也不做？我雙手枕在腦後，躺在樹下睡大覺。

：說來說去，我這個經紀人，還是一毛錢也賺不到。

：錯了、錯了，你來我的地上，我分你一點樹蔭，你有清風與明月可享受，多快樂呀。

：既然你這麼淡泊名利，我看今天的通告費，就用一點月光和一陣涼風代替吧。

：那可不行！該給我的要給我，我還想去買點好吃的回戰國，我們

那裡打仗打糊塗了，都鬧饑荒了呢。

：好的，今天時間差不多了，謝謝阿莊來上我們的節目。

：希望下回還有機會邀請你。

：好好好，下回我一定再來說個故事給大家聽。

：絕對可能會客室，我們下次見。

絕對可能任務——

看完了潘玉珊和畢伯斯在戰國的冒險，
是不是覺得刺激又有趣？
想成為時空冒險旅人中的一員嗎？機會來了！
接下來的任務就交到你手上，
讓不可能的任務成為可能吧！

任務1 文字創作：「人質公子逃離記」

教案設計：溫美玉／台南大學附設實驗小學教師

• 寫作發想：

公子燕、公子魏、公子趙和公子韓，這些世子們被當成人質，都是因為政治上的考慮。如果是你，你會有哪些情緒？這種政治交換又會發生哪些讓人意想不到的災難呢？我們先從以下幾件事來找找這些世子情緒反應，有機會再來寫成一篇「人質公子逃離記」。（主角情緒請參考附錄一：情緒列表）

事件經過	主角情緒	創作前：提問與綱要
◎主角選定與人質的背景介紹		1. 為什麼會被送來當人質？ 2. 得知要被送去當人質時的痛苦與悲傷？媽媽的反應又是如何？母子的辭別狀況？

一、人在屋簷下，不得不低頭	二、不能隨意洩漏自己的想法	三、不知要等到哪一天才能平安回到自己的國家
3. 失去自由後的生活和原先在家裡的生活有何不同？ 4. 每天的作息又是如何？會有哪些心理的衝突與適應呢？	5. 不小心說了自己心理的話，得到什麼不好的後果與下場？ 6. 隨時可能有生命危險。	7. 設計一次想要逃走卻被嚴密監控的事件，來顯示真想回家的決心。

任務2  經典人物對對碰：雞場管理員

故事中的第四章〈雞場管理員〉中，四個人物提出的養雞法，代表四個不同的學派理論。請整理他們的想法之後再回答問題。（人物性格請參考附錄二：「人物性格分析列表」）

人物	對雞場的管理方法（條列重點）	觀點	人物性格	你的評價（贊成或反對的理由）
1 法家年輕人				
2 儒家老先生				

3 墨家 農夫	4 道家 阿莊

●假設教室發生一件打架事件，請讓上述四個人分別扮演老師，用他們的理念與想法來給打架的同學一句話。

1. 年輕人：
2. 老先生：
3. 農　夫：
4. 阿　莊：

附錄一　情緒列表

不耐煩	害怕	安心	愉快	孤單	驚喜	興奮	煩悶
生氣	憤怒	期待	快樂	解脫	幸福	絕望	空虛
自信	矛盾	震驚	自負	委屈	沾沾自喜	狂喜	無力
感激	驕傲	痛快	難過	歉疚	感動	抓狂	無奈
自卑	得意	希望	忌妒	疲憊	悲傷	滿足	羨慕
痛苦	煩悶	失望	愚蠢	放鬆	舒服	緊張	恐懼
貼心	安全	沮喪	懷疑	喜悅	丟臉	焦慮	勇敢

附錄二 人物性格分析列表

武斷	體貼	順從	主動
自負	主見	膽大	好動
粗魯	自信	堅持	冷酷
被動	害羞	審慎	吹毛求疵
伶俐	依賴	熱情	慈悲
冷靜	固執	穩重	獨立
友善	浮躁	膽小	率真
富同情心	保守	剛強	隨便

搜尋人、地點和事物　首頁　尋找朋友

阿莊的真實身分大曝光
（請另外參考相關書籍或網路資源，簡單描述莊子的真實生平）

事件我回報　留言——打氣・感謝・祝福　圖片（自己想像）　更 多 ▼

☐ 朝 代（＊哪一朝代）

☐ 國 籍（＊哪一國人）

☐ 好 友（＊書上有提的也可以）

☐ 綽 號

☐ 專 長

潘玉珊留言——給阿莊的話

阿莊相關記事・4

1.〈教樹躲貓貓〉

重要事件摘要與紀錄：

公子燕留言——給阿莊的話

2.〈這裡的，都是人質〉、〈畫張團體畫〉

重要事件摘要與紀錄：

3.〈赫赫有名的蜘蛛女俠〉

重要事件摘要與紀錄：

4.〈公雞應該怎麼叫？〉

重要事件摘要與紀錄：

孟嘗君留言——給阿莊的話

畢伯斯留言——給阿莊的話

作者的話

上一堂穿越千古的歷史課

讀國中的時候，我們歷史老師的綽號叫「老祖宗」。

老祖宗當然不姓老，她的年紀也很小，人長得溫柔美麗又大方；會有這麼逗趣的外號，全來自她的第一堂課。

那堂課講五十萬年前的北京猿人。北京猿人是人類的老祖宗，住在周口店，他們那時已經會用火了。如果老祖宗半夜想上廁所，對不起，那時代沒有馬桶，屋裡也沒有電燈，他們得走到山洞外頭解決；「要是一不小心哪……」老師的講課聲音停了一下，純粹想吊我們胃口。

「會怎樣啦？」我們班的肥仔問。

「要是一不小心碰上老虎，老祖宗就成了老虎的消夜囉。」

那堂課，老師左一句老祖宗、右一句老祖宗，她的外號就是這麼來的。

老祖宗的歷史課沒有違和感，她講起課，那些事彷彿昨天剛發生般，在那個還沒人談穿越的年代，我們的歷史課早就在玩穿越了。

例如有一堂課講唐朝，老祖宗不知道去哪兒找來導遊三角旗，帶我們穿越千古，回到唐朝參加她的一日遊行程；從長安春明門進去，經過灞橋風雪，直到唐玄宗的興慶宮……課上完了，長安城的東西南北也全記住了。

又例如她有天早上，帶了一堆食物來，什麼包子饅頭香蕉蘋果橘子的。我們猜老祖宗要請大家吃早餐，她說沒錯，但是要我們先猜猜，哪些食物北宋人吃不到，猜對了，才有賞。

前一天她才教過東西文化交流，後一天就帶食物讓你穿越時空，夠鮮了吧。

等我當了老師，幫小朋友上社會，我也希望孩子別離歷史太遠；古代人的生活，除了科技輸我們之外，其實也跟我們差不多。

他們一樣會生氣，一樣喜歡別人拍馬屁；長安城的房價高得讓人買不起；放假的時候，古人也喜歡去城外郊遊，不想留在城裡堵馬車。

古人的喜怒哀樂，和我們差不多。

因為差不多，我就盡量把小朋友和李白、杜甫畫上等號，人人聽得笑嘻嘻。

這次我又有機會寫「可能小學」，為了這件快樂的事，我又有機會跑大陸。

想要把故事寫好，最好能親臨現場。西安離古代的長安不遠；洛陽是東漢的首都；北宋的首都在開封；這些地方我都去了，站在古人生活過的地方，望著一樣的藍天與太陽，閉上眼睛，我真有一睜眼就能見到李白、杜甫的感覺呢。

啊，要是真能遇到他們一次，該有多好？

於是，我決定了，帶大家回到歷史上的關鍵點：

戰國，我想帶你們認識莊子——那個參透生死，喜歡講故事的道家學派主角。他身處戰國咚咚戰鼓中，會活得如何精采呢？

東漢，造紙術剛被發明出來，那時的人怎麼看待「紙」這種東西呢？東漢還出過一位偉大的科學家張衡，他不但懂科技，也熟天文和書畫詩詞，簡直是十項全能的古人，值得我們走一趟東漢去拜訪他。

北宋有一張名揚千古的畫——清明上河圖；開封有個斷案如神的包青天；平時看畫要去故宮，看包青天得等電視連續劇，現在有機會穿越一下，我也想帶你們到北宋。

最後是元朝。相較其它朝代，元朝奠基於草原，他們是馬背上的蒙古族，只是他們的故事被歷史的雲煙遮蔽太久，趁這時候，我們騎馬馭鷹進元朝，帥不帥？

唐太宗教我們：要把歷史當成一面鏡子，當你面對難題時，想想古時候的人會下什麼樣的判斷：有人做了錯的決定，遺臭千年；有人做了對的選擇，從此青史留名。

親愛的小朋友，當你讀歷史書時，如果能從中汲取一點精華，你這一生必能活得同等精采。

走吧，咱們穿越千古，來上歷史課吧。

審訂者的話

在孩子心中種下探索歷史的種子

劉欣寧／中央研究院歷史語言研究所助研究員

歷史課應該怎麼上？最好的方法莫過於帶領孩子「穿越」到過去，親自感受當時的人、事、物。【可能小學】正化此不可能為可能，讓讀者們跟著潘玉珊及畢伯斯，一起到兩千多年前的戰國時代走上一遭。

書中沒有嚴肅枯燥的說教，而是以生動活潑的比喻及引人入勝的情節呈現時代的氛圍。那是一個競爭激烈的時代，國家間的競爭加上學派間的競爭，造就其精采絕倫，卻也帶著緊張與無奈。書中不論是以「養雞理論」點出各個學派的特色，或以人質回國競賽呈現國際局勢的複雜，都十分逗趣而讓人印象深刻。靈魂人物阿莊（應是莊子的化身）既率性又機智，風采十足。而來自二十一世紀的小學生潘玉珊及畢伯斯不只是外來的旁觀者，他們代替讀者提出現代觀點的疑問，最後更參與了歷史事件，成為歷史中無名的關鍵人物，並在陰錯陽差之際完成老師交代的任務，得以返回現代。各種匠心獨具的安排，讓人讀畢後回味再三，歷史典故不知不覺便深植腦海。

寫歷史童書既要兼顧言之有據，又要具有可讀的趣味性，絕非容易之事，而本書無疑是值得推薦的成功之作。本書最難得之處是展現了歷史知識本身的趣味，歷史中有太多豐富的資源，可以激發孩子的想像力、同理心與思辨能力。盼讀者能從本書中得到美好的閱讀經驗，將來更勇於探索未知的領域。

故事的引力

推薦人的話

林文寶／臺東大學榮譽教授

從小我們就要學習各種生活的基本、知識、技能與情意。而故事是學習的酵素，總是可以讓難入口的知識，變成一道道可口的佳餚。

大部分的學生都認為學習是件苦悶的事，不過如果學生肯扎扎實實的學會學習，學習會是一件快樂的事。

隨著時代的改變，填鴨式的學習已經不在，新的教育講求更多元化的學習，主要幫助孩子培養邏輯思考與理解能力，進而達到快樂的學習。而【可能小學】這一系列知識性作品，強調從故事當中認識歷史，就有這樣的趨勢。

【可能小學】的場景是發生在學校，校園生活故事一直是孩子喜歡的故事，因為與孩子的生活最接近，所以能產生極大的共鳴。若是說看完【可能小學】，學校的考試就沒有問題，這是騙人的；不過，應該可以引發孩子對於歷史的興趣，增強孩子的學習動機。

而這次的【可能小學】新系列，是介紹戰國、東漢、北宋和元朝四個朝代，這四個朝代都是中國燦爛精采的朝代，每個朝代都有其美麗的風景，舉凡飲食、服裝、藝術、文化都與眾不同；因此若能熟悉各個朝代的歷史，相信對於孩子的生活與眼界，一定有所助益。歷史的重要，在於「借鏡」——通過閱讀歷史的過程當中，可以發現前人的智慧，更了解自身文化。

一個喜愛閱讀的孩子，他的眼睛總是雪亮，他的人生絕對比別人更為精采；因為閱讀的關係，使他的眼界遠了，心也寬了。

閱讀絕對根植於生活，知識也是如此，如果能把知識生活化，絕對是學習的祕密武器。在我長期的任教生涯中，發現能夠把知識生活化，而非教育化的時候，學習效果會有不可思議的成長。

那麼，如何把知識生活化呢？首先，我們必須要有個概念：當知識不被使用到的時候，它就是廢物，一文不值，還占腦容量呢！唯有生活化，讓知識與生活連結在一起。當知識能在生活當中被運用，知識才是知識，孩子也在使用知識的過程中，獲得相當的成就感。

當一個孩子可以透過環遊世界，學習每個國家的地理，或者歷史，一定比靠著課本上的平面知識學習的效果，來得好上一百倍；因為歷史不再是冷冰無聊的文字敘述，而是可以摸得到的實際經驗，這就是知識生活化，得到絕佳學習效果的最好例子。

但是並非每個孩子都能有此般環境與經濟條件，不過不用擔心，因為科技的發達，使得孩子可以透過電視、網路等科技媒體得到知識生活化的效果。例如觀看旅遊節目、歷史戲劇，或者現在也愈來愈多偶像歷史劇，都可以達到知識與生活作為連結的方式，讓知識就在我們的生活當中。

王文華的【可能小學】將知識生活化，將許多歷史變成一則則校園的生活事件；他把歷史變成故事的情節，不只活化了歷史，還增添現代感，使得現在的孩子也能輕鬆閱讀。於是在市場上獲得廣大的支持——具時代性，新穎的題材，是他的價值。

【可能小學】系列不只將故事生活化，還將故事趣味化，使得在閱讀的過程當中，相當的愉快，沒有壓力，還能嗅聞到歷史的芬芳，絕對是歷史課本的補充教材，或是引導教材的不二選擇。因為它不是教科書，它是寓教於樂的讀物。

更因為它有生活，有故事。

可能小學的歷史任務，
我們下回見啦！

任務

歷史百萬小學堂，等你來挑戰！

系列特色

1. 暢銷童書作家、得獎常勝軍、資深國小教師王文華的知識性冒險故事力作。
2. 融合超時空冒險故事的刺激、校園生活故事的幽默，與台灣歷史知識，讓小讀者重回歷史現場，體驗台灣土地上的動人故事。
3. 「**超時空報馬仔**」單元：從故事情節延伸，深入淺出補充歷史知識，增強孩子的台灣史功力。
4. 「**絕對可能任務**」單元：每本書後附有趣味的闖關遊戲，激發孩子的好奇心和思考力。
5. 國立成功大學台灣文學系教授、前國立台灣歷史博物館館長吳密察專業審訂推薦。
6. 國小中高年級～國中適讀。

學者專家推薦

我建議家長們以這套書為起點，引領孩子想一想：哪些是可能的，哪些不可能？還有沒有別的可能？小說和歷史的距離，也許正是帶領孩子進一步探索、發現台灣史的開始。

—— 國立成功大學台灣文學系教授　**吳密察**

「超時空報馬仔」單元，把有關的史料一併呈現，供對照閱讀，期許小讀者認識自己生長的土地，慢慢養成多元的觀點，學著解釋過去與自己的關係，找著自己安身立命的根基。

—— 國立中央大學學習與教學研究所教授　**柯華葳**

孩子學習台灣史，對土地的尊敬與謙虛將更為踏實；如果希望孩子「自動自發」認識台灣史，那就給他一套好看、充實又深刻的台灣史故事吧！

—— 台北市立士東國小校長．童書作家　**林玫伶**

可能小學的歷史任務 II ———————— 1

咚咚戰鼓闖戰國

作　　者｜王文華
繪　　者｜L&W studio

責任編輯｜許嘉諾
特約編輯｜劉握瑜
美術設計｜林佳慧
行銷企劃｜陳雅婷

天下雜誌群創辦人｜殷允芃
董事長兼執行長｜何琦瑜
媒體暨產品事業群
總經理｜游玉雪
副總經理｜林彥傑
總編輯｜林欣靜
行銷總監｜林育菁
副總監｜李幼婷
版權主任｜何晨瑋、黃微真

出 版 者｜親子天下股份有限公司
地　　址｜台北市 104 建國北路一段 96 號 4 樓
電　　話｜（02）2509-2800　傳真｜（02）2509-2462
網　　址｜www.parenting.com.tw
讀者服務專線｜（02）2662-0332　週一～週五：09:00~17:30
讀者服務傳真｜（02）2662-6048
客服信箱｜parenting@cw.com.tw
法律顧問｜台英國際商務法律事務所・羅明通律師
製　　版｜中原造像股份有限公司
總 經 銷｜大和圖書有限公司　電話：（02）8990-2588
出版日期｜2015 年 11 月第一版第一次印行
　　　　　2024 年 8 月第一版第二十五次印行
定　　價｜280 元
書　　號｜BKKCE013P
ISBN｜978-986-92117-9-6（平裝）

訂購服務 ————————
親子天下 Shopping｜shopping.parenting.com.tw
海外・大量訂購｜parenting@cw.com.tw
書香花園｜台北市建國北路二段 6 巷 11 號　電話（02）2506-1635
劃撥帳號｜50331356 親子天下股份有限公司

立即購買 >

國家圖書館出版品預行編目資料

咚咚戰鼓闖戰國 / 王文華文 ; L&W studio 圖 .
-- 第一版 . -- 臺北市 : 親子天下 , 2015.11
160面 ; 17×22公分 . -- (可能小學的歷史任務 . II ; 1)

ISBN 978-986-92117-9-6(平裝)

859.6　　104018672